프로방스에서,
느   릿   느   릿

천천히 걷고,
많이 느끼고,
한껏 여유로운
프로방스 테마 여행

프로방스에서,
느릿느릿

장다혜 지음

앨리스

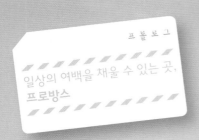

나의 첫 배낭여행지는 아프리카와 중동 지역이었다. 한낮 기온이
40도에 육박하는 나라들을 20킬로그램짜리 배낭을 짊어지고 다녔다.
하루 4리터의 물을 먹어도 화장실 한 번 안 갈 만큼 땀을 흘리다 보니
티셔츠 한 장, 연필 한 자루도 그냥 살 수 없었다. 그때부터 모든 사물
은 나에게 철학적 질문을 던졌다. '과연 짊어질 가치가 있는가?'

야간열차나 유스호스텔에서는 도난 사고가 많았고, 거리엔 집시
와 거지로 넘쳐났기에 비싼 물건들은 짐이요, 부담일 뿐이었다. 때문
에 가진 것이 없을수록 신이 났고, 비싼 게 없을수록 마음이 편해졌
다. 그렇게 1년이 넘는 여행 중에 무소유와 공수래공수거를 몸소 체험
했고, 스무 살이 되었다. 그리고 20세기가 끝나가던 어느 봄날, 프로방
스에 도착했다. 프로방스가 가장 찬란하게 빛나는 시기인 5월, 마음도
배낭도 가벼웠던 배낭여행의 끝자락이었다.

20여 개국의 나라를 거쳐 오면서 한 번도 느끼지 못했던, 살고 싶은 곳을 발견한 순간이었다. 이집트의 알렉산드리아에서도, 이스라엘의 에일라트에서도, 스페인과 이탈리아에서도 수없이 봤던 지중해가 유난히 찬란해 보였던 건 단순히 여유로움 때문이었다. 부자든 가난하든, 젊었든 늙었든, 하얗든 까맣든, 누구나 누릴 수 있는 찬란한 햇빛과 해변, 그리고 이 특권을 매일 누리는 사람들의 여유로움이 느껴졌다. 4분의 3박자의 왈츠 리듬을 타는 듯한 파도가 나를 유혹했다. 그 강렬한 첫 만남으로부터 2년 후 프로방스에서 학교를 다니게 되었고 지금도 이곳에서 살고 있다. 그동안 내 주변에 무심히 흘러가는 아름다움들을 사진으로 찍고, 글 안에 가두고, 또 여러 번 쓰다듬다 보니 자연스레 한 권의 책이 완성되었다.

　　빨리 가면 보이지 않는 것들이 있다. 여유롭게 걸으며 느긋하게 들여다보아야만 보이는 프로방스의 보물들을 이 책에 담았다. 책을 펼치는 것만으로도 라벤더와 올리브의 향기에 흠뻑 취할 수 있기를, 와인을 곁들인 달콤한 디저트의 맛과 어깨로 떨어지는 햇살의 바스락거림, 지중해의 바람이 야자수를 흔드는 작은 소리까지도 다 들을 수 있게 되기를.

2011년 6월

장다혜

차 례 Contents

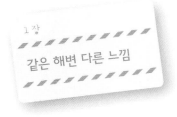

1장
같은 해변 다른 느낌

2장
알록달록
빈티지 시장 구경

4장
오감만족 페스티벌

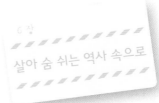
6장
살아 숨 쉬는 역사 속으로

• 프로방스 잠깐 소개

프로방스는 이탈리아와 국경을 접하고 있는 프랑스의 남 동쪽 지역으로, 서쪽으로는 론^{Rhône} 강을, 남쪽으로는 지중해 를, 북동쪽으로는 알프스 산맥에 둘러싸여 있으며 협곡과 고 원, 호수와 기름진 곡창지대를 포함하고 있다. 프랑스는 스물 두 개의 지역으로 나뉘는데, 그중 하나가 프로방스이며 그 안 에는 알프마리팀^{Alpes-Maritimes}, 바르^{Var}, 부슈뒤론^{Bouches-du-Rhône}, 알프드오트프로방스^{Alpes-de-Haute-Provence}, 보클뤼즈^{Vaucluse}, 오트 잘프^{Hautes-Alpes}의 여섯 개 구가 있다.

기원전 2세기부터 로마 제국의 통치하에 있었던 이곳을 로 마 사람들이 '우리 지역'이란 뜻의 프로빈키아 노스트라^{Provincia Nostra}라고 부르기 시작한 것이 지금의 프로방스의 시작이다. 공식명칭은 프로방스알프코트 다쥐르^{Provence-Alpes-Côte d'Azur}다.

●오랑주

샤토뇌프뒤파프●

●아비

●퐁비에유

●아를

부슈뒤론

 동화 속 마을   취미

해변   와인

페스티벌   역사

 아틀리에   시장

오트잘프

알프드오트프로방스

디뉴래뱅

발베르

앙트르보

투레트쉬르루

생폴 드 방스

알프마리팀

클뤼즈

고르주 뒤 베르동

구르동

빌프랑슈쉬르메르

망통

모나코

그라스

시미에

니스

엑상프로방스

무쟁

파이앙스

칸쉬르메르

칼라스

르 카네

앙티브

바르

레작

칸

골프쥐앙

로그

에스트렐

만델리외라나풀

비도방

생라파엘

마르세유

카시스

이에르

생트로페

가생

방돌

라마튀엘

1장

같은 해변
다른 느낌

카시스 ⏐ 이에르 ⏐ 생트로페
생라파엘 ⏐ 칸 ⏐ 앙티브 ⏐ 니스

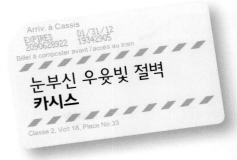

Arriv. à Cassis
EXPIRES   01/31/12
2090628922   19342905
Billet à composter avant l'accès au train

눈부신 우윳빛 절벽
카시스

Classe 2, Voit 18, Place No.33

네모난 **돌**이 깔린 좁다란 도로와 원색의 집들이 어우러진 중세의 마을을 빠져나오면 투명한 바다 위에 한가로이 쉬는 소박한 배들이 보인다. "파리만 가고 카시스를 가지 않은 사람은 아무것도 보지 않았다고 말해야 옳다." 노벨 문학상을 받은 프로방스의 시인 프레데리크 미스트랄Frédéric Mistral은 카시스Cassis에 대한 사랑을 이렇게 표현했다.

까막까치밥 나무열매를 뜻하는 프랑스어 '카시스'와 똑같이 발음되는 이 예쁜 이름의 어촌은 와인으로 유명한 지역답게 바다를 마주하는 포도밭과 오래된 샤토에 둘러싸여 아름다운 자태를 자랑한다. 또 매년 여름이면 작은 어촌의 매력에 흠뻑 빠지려는 관광객들로 축제 분위기에 휩싸인다. 한눈에 쏙 들어올 정도로 작은 이 마을에 상점이라고는 프로방스 스타일의 패브릭을 파는 조그만 가게 두세 곳과 그보다 훨씬 큰 세 개의 아이스크림 가게, 두 개의 빵집, 약국 하나, 작은 식료품 가게 하나, 그리고 항구를 따라 늘어선 카페와 레스토랑 들이 전부

다. 7,8월엔 작은 규모 때문인지 더욱 붐비는 듯 느껴져 휴양지임이 실감 나지만, 겨울엔 아이스크림 가게와 대부분의 레스토랑이 문을 닫아서 여름과는 180도 다른, 그야말로 고스란히 어촌의 모습이 된다.

이곳에선 푸르디 푸른 카나유Canaille 만을 따라 취향에 따라 다양한 수상 스포츠를 즐길 수 있다. 카누를 대여할 수도 있고, 바다낚시를 위해 작은 배를 빌릴 수도 있으며, 멋진 위용을 뽐내는 크루즈를 타고 드라이브를 나갈 수도, 항구 뒤편의 바다에서 수영을 즐길 수도 있다.

그러나 하이라이트는 카시스에서 마르세유Marseille 까지 이어진 레 칼랑크Les Calanques 절벽이다. 모양과 크기가 제각각 다른 여덟 개의 우윳빛 절벽인 레 칼랑크는 그 높이가 400미터에 이르는 것도 있다.

오늘은 이 백악질 절벽 사이에서 노닐기 위해 소박한 도시락을 준비해 작은 크루즈에 오른다. 빵집에 들러 방금 구워내어 바삭하고 따뜻한 바게트를 하나 사고 큰 탄산수 한 병과 서너 종류의 치즈를 사면 그만이다. 조그맣고 앙증맞은 카시스 항구에서 배가 서서히 빠져나가면 마을이 점점 작아지면서 마을 뒤 포도밭과 샤토가 아름답게 어우러진 큰 그림이 눈에 들어온다. 그리고 서서히 절벽에 가까워진다. 짙푸른 청록의 바다 위에서 여름 태양을 받아 은색으로 반짝이는 절벽에 바짝 다가가면 그 눈부심에 어떤 신비로움까지 느껴진다. 끝없이 다른 모양으로 이어지는 절벽 사이를 유유히 노닐다 보면 숨겨진 모래

섬이 금빛 모래알을 반짝이며 나타나기도 하고, 공들여 깎은 듯 예쁜 모양의 동굴들도 지나게 되어 미지의 세계를 여행하는 탐험가의 기분을 만끽하게 된다.

워낙 잔잔한 바다라서 배를 아무 곳에나 매어둔 채 절벽에 위태롭게 자리를 잡고 태닝을 즐기는 사람들과 마음 내키는 곳에 낚싯줄을 드리운 한가로운 사람들도 보인다. 나도 배를 두둥실 띄워놓고 뜨거운 뱃머리에 앉아 점심을 먹는다. 치즈를 얹은 바게트는 소박하다 못해 초라해 보이지만 시원한 탄산수를 한 모금 곁들이니 만찬이 따로 없다. 눈앞에는 보물선처럼 생긴 개성 강한 배부터 최신식의 크루즈, 각종 카누가 크림색 절벽을 가로지르며 눈을 즐겁게 한다.

대부분의 어촌들은 옛 모습을 잃어가고 있지만, 이곳만은 다르다. 전통적으로 카시스 사람들은 6월의 마지막 주말에 어부들의 성인聖人 생피에르Saint Pierre에게 어부들의 무사함을 비는 미사를 올렸는데 이것이 '어부와 바다의 축제'로 발전해 아직도 계속되고 있다. 또한 매년 9월 초에 열리는 포도 수확 대축제는 생미셀 성당에서의 미사를 시작으로 백마가 이끄는 마차 퍼레이드가 펼쳐져 작은 마을이 인산인해를 이룬다. 또 카시스의 와인을 맛보고 저렴하게 구매할 수 있는 와인축제도 열려 향기로운 와인에 흠뻑 취할 수도 있다.

카시스의 순백의 절벽과 노곤한 늦여름의 태양을, 이곳을 사랑했던 폴 시냐크Paul Signac나 라울 뒤피Raoul Dufy와 같은 예술가들의 작품 속에서도 만날 수 있다.

물속에는

물만 있는 것이 아니다

하늘에는

그 하늘만 있는 것이 아니다

그리고 내 안에는

나만이 있는 것이 아니다

_류시화, 「그대가 곁에 있어도 나는 그대가 그립다」에서

이곳에 다다르니 류시화 시인의 말이 실감 난다. 하늘과 물로 나뉜 세상
이 펼쳐지고 잔잔한 미풍이 조용히 감성을 흔든다. 이에르^{Hyères}는 유럽
에서 가장 큰 야자수 재배지로 신시가지의 이름 또한 '야자수'란 뜻을
가진 이에르 레팔미에르^{Hyères les-Palmiers}라고 불릴 정도로 어딜 가나 건강

하고 푸르른 야자수가 즐비하다. 또 이곳은 비옥한 토양 덕분에 넓은 포도밭과 과수원으로도 유명하다. 작은 섬, 일 디에르 Îles d'Hyères는 각종 해양 스포츠 및 스쿠버다이빙과 스노클링 포인트로 각광을 받고 있고, 성게, 문어, 뱀장어, 넵튠그라스 지중해에서 자라는 토착종 해양식물, 각종 해면류 등 해양 생물체의 보고이기에 여름 바다는 그야말로 인산인해를 이룬다. 그러나 12월 말, 텅 빈 이에르의 해변은 여름을 심하게 앓은 바다가 조용히 휴식하고 있는 시적인 풍경을 선사한다. 세상을 가른 수평선을 편안한 시선으로 응시하면 그 잔잔함과 고요함에 사뭇 심심해지기까지 하다. 그러나 텅 빈 풍경에 한 쌍의 연인이 기다란 오렌지 색 실루엣을 늘어뜨리며 나타났다 사라지기도 하고 갈매기들에게 돌덩이처럼 말라버린 바게트를 나눠주는 꼬마들이 한 편의 콩트처럼 이쪽으로 등장했다 저쪽으로 퇴장하기도 한다.

모래사장을 질주하는 강아지를 따라가니 해변 끝에 낚싯대를 여럿 드리우고 시간을 낚는 사람들도 보인다. 한 무리의 철새들이 갑자기 풍경 안으로 날아들거나 흰 돛을 휘날리는 요트가 파도를 따라 흘러가기도 하면서 자칫 외로워 보일 수 있는 세상을 드라마틱하게 만들어준다. 얼마쯤 지났을까. 석양이 시작됨을 알리는 오묘한 색상이 하늘과 바다 사이의 공허함을 가득 메워 눈동자를 온전히 적신다.

여행을 하다 보면 많은 풍경들을 마주한다. 꼼꼼하게 이리저리 살피고 그 조화의 의미를 읽어낼 때 비로소 느낌이 오는 심오한 풍경도 있고, 긴장을 풀어 미소 짓게 하는 정겹고 따뜻한 풍경도 있다. 또 한눈에 통하는, 말이 필요 없는 풍경도 있다. 이에르는 오랜 시간 공들여 대화를 나누어야만 속 터놓고 진심을 알게 되는 사람 같은 풍경이다.

일부러 시간을 내어 바라보고 오랜 침묵을 견디면 바다와 물뿐인 세상은 굳이 무엇을 보라고 강요하지 않는다. 그저 깊이 사색하도록 텅 빈 풍경에 고요함의 미덕을 보여준다. 거꾸로 보기, 비틀어 보기, 낯설게 보기 등 새로운 시각과 독특함만을 요구하는 시대에 제대로 보기, 오랫동안 보기, 깊이 들여다보기, 조용히 보기를 할 수 있도록 만들어 준다. 그래서 이에르의 바다는 한 줄짜리 감상이 남는 것이 아니라 한 편의 멋진 드라마를 보는 것처럼 감동을 준다.

　풍경이 안정적일수록 감정은 역동적이다. 역설적인 감정, 물속에 물만 있는 것이 아니듯 텅 빈 풍경은 두서없는 기억들로 가득 차 그리움은 오롯해지고 마음이 일렁인다. 로마의 철학자 세네카는 "삶을 배우는 데 일생이 걸린다"고 했지만, 왠지 이곳에서라면 조금은 그 시간을

단축시킬 수 있을 것만 같다.

　하늘이 무거워질수록 새들의 움직임은 빨라진다. 곧 따뜻한 아프리
카와 스페인 남부의 섬들로 날아갈 철새들이 이동 준비를 하느라 하
늘과 물뿐인 세상에서 부산을 떤다. 휴식하는 겨울 바다는 최면에 걸
린 듯 헤아릴 수 없이 깊은 침묵에 빠져든다.

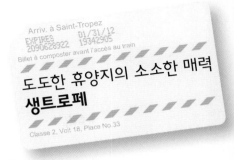

Arriv. à Saint-Tropez
EXPIRES 01/31/12
2090628922 19342905
Billet à composter avant l'accès au train

도도한 휴양지의 소소한 매력
생트로페

Classe 2, Voit 18, Place No.33

집집마다 발코니가, 나무 덧문의 색깔이, 그 앞에 내놓은 화분의 모양이 다 다르다. 거리의 건물들이, 그 입구가, 또 그 앞의 가로등이 다 다르다. 똑같은 것이 하나도 없는 다채로운 디자인과 고유의 색감이 천지에 널렸다. 새로운 곳이지만 긴장은커녕 해방감이 가득 밀려든다. 휴대폰을 손에서 내려놓는 순간 밀려오는 단절감에 이러지도 저러지도 못하는 대도시의 삶이 이곳에선 다 부질없어진다.

마르세유에서 동쪽으로 104킬로미터 떨어진 작은 어촌 생트로페 Saint-Tropez는 18세기부터 코르크와 와인, 나무 등의 물자가 들어오는 주요 항구였고 지금은 전 세계에서 온 고급 요트들이 즐비한 국제 항구로 세련된 위용을 뽐내고 있다. 건축가 프랑수아 스포에리François Spoerry가 중동 부호들이 사는 이 지역에 프로방스 스타일을 조합해 새롭게 꾸며, 이국적인 듯 친숙하며 호화로운 듯 소박한 현재의 모습이 탄생했다. 그렇다고 옛 모습이 모두 사라지고 새로운 생트로페만 존재하는 것은 아니다. 고급 요트와 작은 어선 들이 조화롭게 공존하는 풍경이 본질을 버리지 않으면서도 발전해가는 프로방스 소도시의 매력을 보여준다.

이 어촌은 예술가들의 사랑도 듬뿍 받았는데 1892년부터 폴 시냐크나 조르주 쇠라Georges Seurat와 같은 점묘법 화가들은 이곳의 해변과 빛을 환상적으로 그려내며 생트로페 홍보대사를 자처했고 그 후, 프랑스 뉴웨이브를 이끈 예술가들이 이곳으로 하나둘 모여들기 시작했다.

제2차 세계대전 직후부터는 유럽 부호들 사이에 고급 휴양지로 이름을 알리기 시작했고, 예술 작품 속 생트로페를 만난 사람들이 환상을 좇아 이곳에 오기 시작했다. 20세기의 예술가들도 이곳으로 몰려들어 생트로페의 항구를 그렸으며 프랑스의 국민가수이자 샹송의 대부로 불리는 앙리 살바도Henri Salvador도 「아무르 드 생트로페Amour De Saint-Tropez」라는 노래로 이 작은 마을을 찬양하여 사람들의 호기심을 자극했다.

1956년, 이 조용하기만 한 마을이 세련된 젊은이들의 도시로 바뀌는 사건이 일어나는데, 바로 브리지트 바르도Brigitte Bardot가 주연하고 그의 남편 로제 바딤Roger Vadim이 감독한 영화, 「그리고 신은… 여자를 창조했다 Et dieu... crea la femme」의 개봉이었다.

생트로페를 배경으로 한 이 영화가 세계적으로 유명해지면서 많은 젊은이들이 이곳의 해변으로 몰려들었고, 그 결과 모던하고 세련된 클럽 문화가 성행하기

시작해, 이 소박한 어촌이 젊은이들을 위한 황금무대로 탈바꿈했다. 브리지트 바르도 역시 이 영화를 통해 프랑스의 섹스심벌로 전 세계에 이름을 떨쳤고, 1974년에는 영화의 배경이었던 팡플론Pampelonne 해변의 클럽에서 영화계를 은퇴하는 기념파티를 열기도 했다. 현재에도 5킬로미터에 달하는 팡플론 해변엔 고급 클럽과 개인 소유의 해변이 젊은이들을 유혹하고 있고, 호화 별장들이 즐비한 생트로페의 북쪽은 프랑스 리비에라Riviera, 이탈리아의 라스페치아부터 프랑스의 칸까지의 해안 도시들 지역 중 최고의 부촌으로 손꼽힌다.

이 도도한 도시의 소소한 매력은 구시가에서도 느낄 수 있다. 구시가에는 실험적인 미술품, 가구, 액세서리, 생활용품 디자이너의 미술관과 소품 가게가 즐비해 오밀조밀한 세련미가 있다. 또 항구에선 길거리 화가들을 많이 볼 수 있는데 그들의 손으로 재해석한 생트로페 한 조각을 적당한 가격에 구입할 수도 있다.

Arriv. à Saint-Raphaël
EXPIRES   01/31/12
2090628922   19342905
Billet à composter avant l'accès au train

**세상의 모든 풍경
생라파엘**

Classe 2, Voit 18, Place No.33

상반신은 여인이며 하반신은 물고기의 형상을 한 그리스·로마 신화 속 바다요정 세이렌, 그녀는 달콤한 노랫소리로 뱃사공들을 홀려 바다로 끌어들였다. 모든 뱃사람들은 그녀를 두려워하고 경계했지만 그 목소리가 너무나 신비롭고 몽환적이어서 일단 들으면 도저히 헤어나올 수 없는 마력을 지녔다고 한다.

생라파엘Saint-Raphaël의 바다 앞에서 감미로운 상송이 들려온다. 무릎을 베고 누운 연인을 위해 불러주는 노래, 노을을 등진 연인의 실루엣이 은빛 물결로 일렁인다. 마치 세이렌의 노랫소리를 들은 뱃사공처럼 무언가에 홀려 끌려드는 기분이 든다.

생라파엘은 온화한 기후와 잔잔한 지중해로 19세기부터 휴양지로 발전해 지금은 작가와 예술가 들의 사랑을 독차지하는 여름 휴양지로 성장했다. 마을은 작지만 해변은 네 개나 있고 그 길이는 총 46킬로미터에 달해, 마르세유에 이어 프로방스에서 두 번째로 긴 해변을 자랑한다. 고운 모래사장과 잔잔한 파도, 그리고 완만히 깊어지는 수심 덕분에 아이들이 놀기에 좋아 유난히 가족 단위 관광객이 많이 눈에 띈다.

서쪽으로는 에스트렐Esterel 산맥을 따라 100킬로미터에 달하는 절경이 이어지는데 그중 반 이상이 그린벨트 지역으로 보호받고 있어 트레킹이나 산책, 드라이브, 소풍을 즐기기에도 안성맞춤이다. 618미터 높이의 비네그르Vinaigre, 287미터 높이의 라스텔 다가이Rastel d'Agay, 492미터 높이의 픽 드 루르스Pic de l'Ours 산맥으로 이어지는 에스트렐 산맥은 생라파엘의 병풍 역할을 톡톡히 하는데 이 절경은 기차나 배를 타면 더욱 입체적으로 즐길 수 있다. 특히 마르세유-니스 구간의 지역기차 '테에아르 프로방스알프코트 다쥐르'TER Provence-Alpes-Cote d'Azur'는 해변을 따라 달리는 2층 기차로, 코발트·에메랄드·모노크롬 블루 등 시시각각 달리 연출되는 지중해와 장밋빛으로 물들어가는 붉은 에스트렐 산맥을 감상하기에 좋다. 또 생라파엘 크루즈 여행으론 프레쥐스Fréjus 항구, 생트로페 그리고 칸까지 갈 수 있어 반나절 또는 한나절의 색다른 여행을 선물한다.

요즘엔 스마트폰 하나로 모든 것이 해결되는 똑똑한 세상에 살다 보니 모니터에만 집중한 여행자들을 쉽게 본다. 그러나 통하지 않는 언어 때문에 답답하기도 하고, 온몸을 이용해 말해보면서 사람을 사귀는 것 또한 여행의 큰 묘미다. 알랭 드 보통은 『여행의 기술』에서 "여행은 생각의 산파. 움직이는 비행기나 배나 기차보다 내적인 대화를 쉽게 이끌어내는 장소는 찾기 힘들다"고 했다. 기차나 크루즈에서 옆자리의 낯선 이와 눈을 맞추고 통성명을 하면 소통의 수고스러움이

색다른 즐거움으로 다가온다. 비록 상대방의 생소한 언어와 짤막한 설명에 모호함만 늘어가더라도.

프로방스 사람들은 적극적이며 진취적이고 대화하는 것을 즐긴다. 남들, 특히 동양인이 물어봐주는 것을 아주 좋아하고, 대충 말해도 찰떡같이 알아듣는다. 혹시 프로방스를 방문하게 된다면 그들과 대화를 통해 좀 더 깊이 다가가길 바란다. 분명, 돌이켜 생각해보면 지나친 풍경들보단 생생하게 마주한 여러 얼굴들이 여름의 조각들을 훨씬 더 빛나게 할 테니까.

바닷가를 따라 기분 좋은 산책을 하고 돌아오니 아직도 한 쌍의 연인이 지는 해를 뒤로한 채 사랑을 속삭이고 있다. 서로의 얼굴을 들여다보고 또 들여다보고, 쓰다듬고 또 쓰다듬고, 어여쁘게 서로를 어루만지고 있다. 영화의 한 장면처럼 깊숙이 허리를 숙여 눈과 코와 뺨에 입을 맞추니 어느덧 노을이 바닷속으로 사라진다. 뜬금없이 저들에게 다가가 말을 건네 보고 싶다. 눈치 없이.

국적 구분법

　유럽에서 오래 살면 수많은 남자 중 게이를 정확히 짚어낼 수 있을 것이라고들 기대한다. 아직 그런 경지에는 이르지 못했지만 프로방스 해변으로 모여드는 유럽인들의 국적은 어느 정도 구분할 수 있게 됐다. 큰 키에 창백한 얼굴일수록 스칸디나비아 쪽 사람들이고, 작지만 다부진 체격을 가지고 있으면 지중해 지역 사람들이란 것 정도는 누구나 쉽게 구분할 수 있다. 여자들은 옷차림새나 머리 스타일로도 국적 구분이 어느 정도는 가능한데 제일 재미있는 것이 영국과 독일의 아줌마, 할머니 들과 프로방스의 아줌마, 할머니 들의 극명히 대비되는 스타일이다.

　프로방스에서는 영국식 영어와 독일어가 아주 흔하게 들린다. 은퇴하고 아예 이 지역으로 이사를 왔거나 이곳에 별장을 가지고 있어서 휴가 때마다 오는 경우인데, 영국과 독일 아줌마, 할머니 들은 한눈에 봐도 국적을 알 수 있을 만큼 확고한 스타일을 고수한다. 그들은 공통적으로 단정하게 자른 짧은 머리에 화장기 없는 얼굴, 수수한 베이지색 셔츠에 면바지를 입고, 편안한 단화를 신는다. 액세서리도 눈에 띄지 않을 만큼 단순하고 작은 것을 착용한다. 디자인보다 실용성을 중시하는 가방과 신발로, 사실 특징이랄 것이 거의 없다. 전체적으로 단정하고 깔끔하지만 개성은 약간 없어 보이는 조신한 옷차림이다.

　그에 비해 프로방스 토박이 어르신들은 한여름의 더운 날씨에도 진한 색조 화장은 기본이다. 귀고리, 목걸이, 반지 할 것 없이 크고 화려한 액세서리로 눈이 부셔야 이곳 분들이시다. 머리를 묶거나 올리고, 반짝이는 핀을 많이 꽂고, 모자도 화려한 장식이 달린 강렬한 원색을 쓴다. 손톱과 발톱도 길게 길러 원색 매니큐어와 페디큐어를 칠한다. 게다가 7,80대 할머니라도 8센티미터 힐은 기본이다.

　해변 패션도 극명히 갈린다. 이곳 할머니들은 색깔도 디자인도 과감한 비키니 차림으로 다니는데, 그 모습이 아주 자연스럽다. '처진 가슴도 자랑스러운 내 신체의 일부분일 뿐'이란 생각으로 어디서든지 과감하게 노출을 즐긴다. 해변에서 음식을 먹더라도 비키니 위에 미니스커트만 입고 있거나 망사로 된 짧은 원피스를 걸치는 게 다다. 때문에 뒷모습은 10대인데 앞모습은 80대인 '반전 할머니'들이 이곳엔 많다.

　반면 해변에서 민무늬의 까만색 또는 짙은 갈색의 원피스 수영복, 즉 실내 수영복을 입은 할머니가 있으면 다가가 영어로 말을 걸어도 좋다. 영국이나 독일 어르신들은 눈에 확 튀는 수영복은 삼가지만 해변에선 그 어떤 화려한 비키니보다 까만 실내 수영복이 제일 눈에 띈다. 까만 실내 수영복에 수영모까지 썼다면 독일이나 영국 어르신이다. 거기에 알이 작은 까만 선글라스를 꼈다면 100퍼센트다.

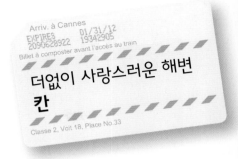

Arriv. à Cannes
EXPIRES   01/31/12
2090628922   19342905
Billet à composter avant l'accès au train

더없이 사랑스러운 해변
칸

Classe 2, Voit 18, Place No.33

비키니를 입은 할머니들이 해변에 누워 태닝을 즐긴다. 할아버지들도 엉덩이가 다 드러나는 수영복을 입고 있다. 흑인들이 피부가 탈 새라 열심히 선크림을 바르고 있다. 개들도 바다에서 수영을 즐기고는 자연스럽게 해변 입구에 있는 샤워기 밑으로 달려가 짠물을 씻어낸다. 칸 해변에는 다소 생소하지만 재미있는 해변 풍경들이 넘쳐난다.

칸의 인구는 7만 명이지만 관광객은 그 다섯 배가 훌쩍 넘는 40만 명 정도가 몰린다. 때문에 한창 시끄러운 여름에 도심 한복판에 서 있으면 동시에 열 개의 다른 언어가 들려올 정도다. 주차를 하려면 시내를 몇 바퀴 도는 건 예사고 좁은 일방통행 도로가 많아 원치 않게 시내 뒷골목 구경을 두세 번 연달아 하게 되는 경우도 생긴다. 그러나 다행히 칸은 그 유명세와는 달리 작아서 일단 짐을 풀고 나면 차를 가지고 다니거나 버스를 타지 않아도 된다. 또 지도도 필요 없을 만큼 도시는 작고 길은 단순해서 헤매지 않고도 걸어서 다닐 수 있다. 작은 도

심에 비해, 해변은 10킬로미터 넘게 뻗어 있어 다채로운 풍경을 선사하는데 그 분위기가 완전히 다른 세 개의 해변으로 구분되어 입맛 당기는 대로, 취향대로 고르는 재미가 있다. 칸을 대표하는 크루아제트 Croisette 해변을 중심으로 동쪽으론 비주Bijou 해변과 가자내르Gazagnaire 해변, 서쪽으론 라보카La Bocca 해변과 미디Midi 해변이 있다. 이 해변들은 지중해 지역에서 드물게 고운 모래사장으로도 유명한데 자동차로 30분이면 닿는 니스도 자갈 해변인 것을 생각하면 참 신기한 일이다.

　해변 중 가장 유명한 곳은 콧대 높은 도도한 얼굴을 하고 있는 크루아제트 해변이다. 유명 브랜드 호텔과 부티크 호텔 들이 자신들만의 해변을 가지고 있어 고급스러움과 사치스러움이 물씬 풍기는 이곳은 누구나 동경하는 명품 1번지다. 거리를 오가는 사람들은 해변에 어울릴 만한 가벼운 옷들도 세련되게 입어 하얀 바지와 가죽 샌들 하나만

으로도 멋스러움을 드러낸다. 특히 크루아제트 대로의 이브생로랑, 기라로시, 니나 리치, 지방시, 크리스찬 디올, 에르메스, 샤넬, 막스마라, 조르지오 아르마니, 베르사체, 프란체스코 스말토 등의 명품 부티크에서는 한두 계절 앞선 패션을 선보이기 때문에 한여름의 쇼윈도엔 모피를 입은 마네킹들이 즐비하다. 반대로 겨울의 마네킹들은 모두 헐벗고 있다!

호텔 해변은 의자와 파라솔, 수건, 샤워 시설 등 일체를 제공하고 백사장 위에 레스토랑과 바를 만들어 돈 쓰기에 어려움이 없도록 만들어놓았다. 해가 지면 이곳 해변들은 클럽으로 변신해 낮과는 다른 농염한 분위기를 풍긴다. 유명 DJ가 초빙되어 오고 손님들은 요트를 타고 오며, 초대장을 제시해야 입장할 수 있는 이 럭셔리 클럽들은 주로 칸 국제영화제가 시작하는 5월부터 여름 내내 계속된다.

크루아제트 해변을 한눈에 구경하려면 2층 버스를 타는 것도 좋은 방법인데 버스 2층은 열려 있어 상쾌한 바닷바람을 즐길 수는 있지만 사진을 찍다 보면 가로수들과 격한 하이파이브를 하거나 거친 야자수에 뺨을 맞는 경우도 생기니 조심해야 한다.

비주, 가자내르, 라보카, 미디 해변은 모래 입자가 비교적 두껍고 파도가 높아 서핑을 즐기는 마니아들에게 인기가 높다. 또한 레스토랑이나 카페 등 즐길 거리가 상대적으로 적지만 조용하고 여유로워 주민들이 많이 찾는 곳이기도 하다. 호텔 해변과 달리 의자와 파라솔, 수건 등을 직접 가지고 와야 하는 번거로움이 있지만, 샌드위치에 시원한 음료수를 가득 채운 아이스박스까지 준비해 하루 종일 머무는 서퍼들, 피크닉용 테이블을 펼쳐 카드놀이를 하며 시원한 와인을 즐기는 어르신들, 강아지와 프리스비를 주고받거나 비치발리볼을 즐기는 가족 등 칸 사람들의 소박한 일상을 엿볼 수 있어 사랑스러운 해변이다.

칸의 해변을 즐기려면 개인의 취향에 따라, 그날의 기분에 따라, 동행하는 사람에 따라, 계절과 날씨에 따라 행복한 고민에 빠지게 된다. 오늘은 어떤 해변으로 갈까?

태양은 가득히
앙티브

태양 아래서 **식사**를 하고, 태양 아래서 춤을 추고, 태양 아래서 낮잠을
자고, 태양 아래에서 기꺼이 자신의 나체를 드러내는 사람들. 자외선
은 기미와 주근깨의 원인이며 심할 경우 피부암까지 유발시킨다는 무
서운 것이 아니었던가!

하지만 앙티브[Antibes]에선 그런 태양을 온몸으로 흡수하는 사람들을
도처에서 볼 수 있다. 오후 서너시에 해변에 눕는 것은 맥반석에 구운
오징어와 별반 다를 게 없음에도 사람들은 온몸이 익을 때까지 드러
누워 있다. 여행자들이 자꾸 파라솔 밑으로, 나무 그늘 아래로 숨어
들어가는 동안 한 뼘의 햇볕이라도 더 쬐기 위해 이들은 필사적으로
옷까지 벗어던진다. 이쯤 되면 슬슬 이상한 생각까지 든다. 하루 종일
바다에서 수영과 태닝만 하는 걸 보니 혹시 이들은 밥을 먹는 대신 삼
투압과 광합성 작용으로 생명을 연명하는 것이 아닐까? 혹시 내가 모
르는 어떤 돌연변이 개체들이 이곳에 모여 살고 있는 것은 아닐까? 뱀

파이어와 정반대의 그런 족속들?

　모든 의문을 뒤로하고, 열정적인 태양 숭배자들을 만나러 앙티브 해변으로 간다. 난공불락의 요새로 설계된 앙티브 성곽을 등진 자그마한 해변에 들어서면 구시가 중앙에 우뚝 솟은 피카소 박물관이 한눈에 보이고 알프스 산맥이 우람한 근육을 드러낸다. 성벽을 어루만지는 듯한 조용한 파도소리를 따라 성곽 안으로 들어가면 어디에나 시간이 머문 흔적이 느껴진다. 조약돌이 깔린 좁은 골목엔 레스토랑들이 줄지어 있어 고소한 냄새가 한데 엉켜 있고, 영국식 펍에서는 대낮부터 맥주 한 잔 앞에 두고 저마다의 이야기가 넘쳐난다. 이곳은 프로방스의 도시 중 유난히 영국인이 많은 곳으로 항구에는 영국의 국기인 유니언잭을 휘날리는 크루즈가 즐비하고 마을 안엔 영국식 펍이 많으며 영어가 프랑스어보다 많이 들려온다.

　우울한 날씨 탓에 영국인들의 희망사항 1순위는 단연 여행이다. 일

상의 작은 충동처럼 여행을 즐기는 이곳의 영국인들은 대부분 자신의
요트를 가지고 있는 상류층으로 매년 여름마다 승용차와 자전거까지
요트에 싣고 이곳에 와서 휴가를 즐긴다. 어제의 하늘이 오늘과 다름
을 절감하며 맑은 하늘, 쨍한 햇볕만으로 행복해하는 사람들이 은퇴
후 아예 앙티브로 이민을 오는 경우가 많아지면서 자연스레 영국인이
늘어났다. 때문에 해변에서는 종교처럼 햇빛을 따라다니는 영국인들
이 많고, 이들은 수영보다는 주로 바다를 앞에 두고 태닝을 즐기면서
책을 읽는다.

　관광객이 많다고는 하지만 1킬로그램은 족히 될 듯한 두툼한 여행
가이드 책과 큰 지도를 챙겨들고 에베레스트라도 정복할 기세로 거대
한 배낭을 메고, 전투적인 자세로 인파를 누비는 여행자는 이곳엔 없
다. 남자라면 민망하게 꽉 끼는 쫄쫄이 수영 팬티에 선글라스 정도가
전부다. 여자라면 비키니에 스펀지로 된 슬리퍼 정도만 신고 다녀 한

없이 무장해제된 자유로움을 느낄 수 있다.

　태양 아래서 오랜 시간을 버티기 위해 복장을 갖추고 나면 이젠 책이 필요하다. 피카소 박물관으로 올라가는 언덕 아래 위치한 자그마한 헌책방에 들른다. 카롤린 봉그랑Caroline Bongrand의 소설 『밑줄 긋는 남자』에서 여자 주인공 콩스탕스의 마음을 뛰게 했던 남자 주인공이 책을 읽고 있을 것 같은, 다분히 드라마틱한 공간이다. 곱게 닳은 나무 바닥이 내는 삐걱삐걱 소리도 아늑하게 느껴지는 정겹고 따스한 분위기의 책방이다.

　1층엔 신간들이 진열되어 있고 지하엔 먼지를 뽀얗게 뒤집어쓰긴 했지만 장르별로 잘 정돈된 헌책들이 있는데 해변에 누워서 부담 없이 읽기 좋은 소설류가 대부분이다. 맘만 먹으면 한 시간 안에 독파할 수 있는 로맨스 소설들이 1유로 코너에 산더미처럼 쌓여 있는데 다소 자극적이고 낯 뜨거운 표지 때문에 그 주위로 사람들의 발길이 끊이지 않는다. 서점 곳곳에는 앉으면 바스러질 듯 낡은 의자들과 빈 공간이 있어 아예 자리를 잡고 앉아서 책을 뒤적이기에도, 나른한 오후 한나절을 보내면서 피부를 잠시 진정시키기에도 좋다. 오래된 나무 냄새와 책 먼지가 적당한 비율로 섞인, 다소 생소한 공기를 호흡하면서. 그러나 그것도 잠시, 책방의 창을 뚫고 쏟아져 들어오는 하얀 햇살은 '너 거기서 뭐 하니?' 하며 나를 불러낸다. 이곳에 살다 보니, 나도 광합성이 필요한 그런 족속이 되어가는 것인지, 서둘러 5유로와

책 다섯 권을 바꿔 밖으로 나
온다. 돌연변이 개체들의 회
귀본능인지, 땡볕 아래 열 발
자국 걸으니 어느새 다시 해
변이다.

이브 클랭의 그랑 블루
니스

Arriv. à Nice
EXPIRES 01/31/12
2090628922 19342905
Billet à composter avant l'acces au train
Classe 2, Voit 18, Place No.33

투명에 가까운 블루로 기억되는 화가 이브 클랭^{Yves Klein}. 니스^{Nice} 바닷가를 뛰어놀며 자란 그는 다양한 농도로 시시각각 변하는 물빛을 단순히 파란색이라고 말할 수 없었을 것이고, 이 바다의 청량감을 제대로 표현할 만한 색깔이 필요했는지 모른다. 그렇게 단조로우면서도 순수한 청색 모노크롬을 발견했고 이 색은 1960년 'IKB^{International Klein Blue}'라는 이름으로 특허를 받는다. 그때부터 그는 세계적으로 유명한 예술가가 되었고, 모노크롬 블루는 이브 클랭이라는 이름을 하나의 색상 안에 각인시켰다.

니스의 바다를 바라보면 그의 짧은 일생만큼이나 도발적이고 매력적이며 신비롭기까지 한 푸른색의 향연이 펼쳐진다. 요한 제바스티안 바흐^{Johann Sebastian Bach}의 「골드베르크 변주곡」처럼 바다라는 하나의 주제가 바람과 햇빛과 구름에 의해 끝없이 변주된다. 터키 색에서 초록색으로, 비취색에서 에메랄드 빛으로, 옥색에서 연두색으로, 심지어 풀

빛과 배춧잎 색으로도 바뀐다. 그러나 코발트 블루보다는 짙고 울트라 블루보다는 연한 이브 클랭의 모노크롬 블루는 항상 먼 바다에 머물러 있어 니스의 풍경을 더욱 매혹적으로 만든다. 그래서일까. 바다가 갖가지 색으로 나를 유혹할 때마다, 그 속으로 풍덩 뛰어들고 싶은 충동이 든다. 그리고 온몸을 아름다운 색깔로 물들이며 그 유혹에 한껏 응하고 싶어진다.

제2차 세계대전 전까지 니스는 유럽의 귀족들이 선호하는 휴양지였는데 1830년대에 만들어진 영국인 산책로^{Promenade des Anglais}가 당시 영국인들이 얼마나 니스를 사랑했는지 단적으로 보여준다. 칙칙한 날씨의 영국을 떠나 이곳으로 휴양을 왔던 영국 귀족들은 해변을 산책할 때마다 구두에 흙이 묻자 식민지에서 거둔 자금으로 이곳에 산책로를 닦았다. 1856년엔 황제 니콜라스 1세의 미망인이, 1895년에는 빅토리아 여왕이 니스에 머무르면서 이 산책로를 애용했다고 한다. 지금도 이곳은 5킬로미터에 달하는 해안 산책로로 남아, 미술관과 상점, 고급

호텔 들이 즐비한 니스의 대표적인 거리로 성장했다. 특히 이곳에는 황금시대로 기억되는 벨 에포크^{Belle Époque}의 대표 건축물 네그레스코 호텔^{Hôtel Negresco}이 있다. 이 호텔은 1912년 앙리 네그레스코^{Henri Negresco}의 이름을 따서 만들어졌는데 니스의 풍경을

담은 엽서에도 단골로 등장할 만큼 유명한 건축물이다. 이 호텔은 카페에 들리거나 로비만 둘러보아도 미술관이나 박물관에 온 느낌을 받을 정도로 수많은 예술작품들을 소장하고 있어서 럭셔리 호텔의 대명사로 꼽힌다. 특히 1917년, 이 호텔에 묵은 미국의 댄서 이사도라 덩컨 Isadora Duncan 의 죽음으로 이 호텔은 다시 한 번 유명세를 탔는데, 부가티 컨버터블 바퀴에 자신이 두른 실크 스카프가 끼어 목이 부러져 즉사한 기이한 사고였다.

200년의 짧은 역사에도 수많은 일화를 담고 있는 니스의 해변은 완만한 만으로 이뤄져 있다. 호텔 소유의 해변엔 수영이나 태닝을 위한 모든 시설이 완비되어 있을 뿐만 아니라 바와 레스토랑도 있어, 하루 종일 해변에서 보낼 수 있도록 돕는다. 그러나 누구나 이용할 수 있는 공공 해변에도 10미터 간격으로 샤워 시설이 있어 수건이나 파라솔 또는 접이용 의자 등 간단한 준비물만 챙겨 가면 편안하고 안전하게 즐길 수 있다.

이곳의 해변은 워낙 길어 한여름에도 다른 사람과 부대낄 일 없이 자신만의 공간을 확보해 충분히 여유로운 시간을 보낼 수 있다. 제트스키와 패러세일링 등 다양한 해양 스포츠도 즐길 수 있고, 해변 레스토랑이나 바에서 니스의 전통음식을 먹으며 한가로운 여름을 보내기에도 안성맞춤이다. 해변 산책로 곳곳엔 니스 풍경을 담은 라울 뒤피의 작품들이 복사품으로나마 전시되어 100년 전 니스의 모습까지 생생하게 보여준다.

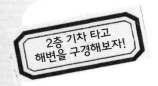

해변으로 가는 가장 기분 좋은 방법은 해안절벽을 따라 달리는 지역 기차 테에 아르를 타는 것이다. 여행을 더욱 특별하게 만들어주는 이 2층 기차는 높고 큰 창이 달려 있어 시원한 지중해와 맞닿은 프로방스를 만끽하기에 그만이다. 요금은 계절과 시간, 날짜에 따라서 달라지지만 장거리가 아니라면 큰 차이는 없고, 기차도 15분에서 30분마다 다니기 때문에 따로 예매할 필요가 없다.

프로방스에 도착하면 모든 해변을 다 가겠다는 욕심을 버리고 자신의 취향과 개성에 딱 맞는 해변을 골라 느긋하게 시간을 보내보자.

_ 카시스에서는 크루즈를 타고 마르세유까지 이어지는 절벽을 관람하거나 카누를 타기에 안성맞춤이며, 이에르에서는 스노클링이나 스쿠버다이빙을 통해 바닷속을 구경하기에 좋다. 생라파엘은 평화롭고 안전한 해변을 원하는 가족 여행객에게 제격으

로, 제트스키나 스피드보트 등을 탈 수 있고 바다낚시도 즐길 수 있다. 해양 스포츠는 2~3일 코스가 아닌 하루를 즐기는 것이라면 예약 없이 바로 해변으로 가면 된다.

• 크루즈
www.riviera-lines.com
www.trans-cote-azur.co.uk

_ 클럽을 사랑한다면 밤엔 호화로운 클럽으로 변신해 유명 DJ의 현란한 음악에 맞춰 백사장에서 맨발로 춤을 출 수 있는 생트로페나 앙티브의 해변을 추천한다. 고급 호텔의 바텐더가 만들어주는 이국적인 칵테일을 음미하며 호사스러움을 느끼고 싶다면 칸이나 니스가 제격이다.

_ 물놀이를 즐기지 않는 사람이라면, 프랑스 리비에라 지역의 대표 항구들을 오가는 1일 크루즈 여행을 추천한다. 생트로페, 생라파엘, 프레쥐스뿐 아니라 철가면으로 유명한 레랑 섬, 골프쥐앙, 쥐앙레팽, 니스, 모나코 등을 오가는 크루즈는 색다른 느낌으

로 지중해를 즐기기에 제격인데, 회사마다 시간과 가격이 조금씩 다르고 여름철엔 많이 붐비기 때문에 예약은 필수다.

가장 인기가 높은 니스-생트로페 구간은 아침 9시에 니스에서 승선해 오전 11시 30분에 생트로페에 도착한다. 다섯 시간 동안 자유 시간을 갖고 16시 30분에 다시 승선해 19시에 니스에 도착하는 당일 코스로, 열 살 이하 어린이는 40~50€, 성인은 55~65€다.

• 웹사이트 www.voyages-sncf.com

| 각 지역 대표 사이트 |

카시스 www.cassis.fr
이에르 www.ville-hyeres.fr
생트로페 www.saint-tropez.fr
상라파엘 www.saint-raphael.com
칸 www.cannes.com
앙티브 www.antibes-juanlespins.com
니스 www.nice.fr

| 소요시간 및 요금 |

기차 노선	요금 (편도 기준)	시간
니스-앙티브	3~5.50€	20분
앙티브-칸	2~4€	10분
칸-생라파엘	6~9€	25분
생라파엘 -이에르	14~25€	1시간 30분
이에르 -카시스	9~15€	1시간
카시스-니스	23~40€	2시간 30분 (1회 환승)

* 생트로페에는 기차역이 없기 때문에 근처의 생라파엘이나 이에르에서 버스를 이용해야 한다.

2장

알록달록
빈티지 시장 구경

파이앙스 | 아비뇽 | 칼라스

칸 | 투레트쉬르루 | 니스

앤티크 세상 속으로
파이앙스

열려라 참깨! 육중한 동굴 문이 스르르 열리면 번쩍이는 금화와 은화가 궤짝에 넘쳐나고, 앞다투어 광채를 뿜어대는 알 굵은 반지며 목걸이며 왕관이 있을 것 같다. 엄청난 보물들이 산처럼 쌓여 있는 『알리바바와 40인의 도둑』의 보물창고에 한 발짝 들어온 기분이다.

유명 미술관에서나 볼 수 있는 마르크 샤갈^{Marc Chagall}과 아메데오 모딜리아니^{Amedeo Modigliani}, 폴 시냐크의 작품이 곳곳에 걸려 있고 박물관에서나 볼 수 있을 법한 18세기의 고가구들이 즐비하며, 어느 귀족 집안에서 대대로 내려왔을 방대한 양의 커틀러리^{식탁용 나이프, 포크류} 세트와 샤넬과 이브생로랑 등 유명 브랜드의 빈티지 액세서리와 핸드백을 구입할 수 있는 곳. 강철로 만들어진 18세기의 정원용 테이블 세트, 나폴레옹이 사용했던 것과 똑같은 접이식 야전침대까지 구경할 수 있는 곳이 바로 파이앙스^{Fayence}다. 햇빛 좋은 8월, 프로방스의 시골 분위기가 제대로 나는 아담한 마을 파이앙스에 어마어마한 몸값을 자랑하는 물건들이

모인 앤티크 시장이 열린다. 시장 구경이 '예술 감상'으로 바뀌는 이곳 에는 유럽 전역에서 모인 수집가들이나 '고상한 취미'를 가진 상류층 이 와서 물건을 구매하기에 러시아어, 영어, 이탈리아어가 앤티크 위 로 한데 섞인다. 취급하는 물건의 몸값 때문인지 시장 어디에도 젊은 사람들을 구경하기 힘들다. 연세가 지긋하신 분들만이 분주하게 오가 며 접시를 뒤집어 브랜드를 확인하고, 고가구의 뒷면과 밑바닥까지 확 인하는 등 눈을 반짝이며 '사냥'하는 전문가의 자태를 뽐낸다. 뒤따르 는 개들도 이곳이 익숙한지, 윤기가 흐르는 부들부들한 털을 날리며 우아하고 느긋하게 가구들을 둘러본다.

이곳을 방문한 사람들은 세 번 놀란다. 첫째, 진열되어 있는 귀한 물건에 한 번 놀라고, 둘째, 그 가격에 놀라고, 셋째, 그걸 덥석 사는 손님들을 보며 놀란다. '이렇게 비싼 걸 누가 사나?' 하는 생각도 잠시, 주변을 둘러보면 거침없이 수표를 써내려 가는 할아버지 할머니 들이 도처에 널렸다.

이 앤티크 세상 속으로 들어오면, 그 크기와 아름다움 때문에 고가 구들이 제일 먼저 눈에 띈다. 루이 14세Louis XIV 시대 때 만들어진 의자 부터 소파, 장식장, 식탁, 콘솔 등이 21세기의 어떤 첨단 빌딩 안에 들 여 놓아도 어색하지 않을 세련미를 자랑한다. 독특한 디자인, 고풍스 러운 세부 장식, 매끈히 살아 숨 쉬는 나뭇결까지 아름답다. 생활가구 의 실용성도, 장식품의 아름다움도 두루 갖췄기에 오늘날까지 명품이 란 이름으로 천문학적인 몸값을 자랑한다. 까다로운 검증 과정을 거친 물건들은 그 가구만의 역사가 분명히 명시되어 있어 제작 연도, 제작 자, 그리고 주재료나 보수의 유무 등을 한눈에 알 수 있다.

가구 다음으로 많은 것은 액세서리와 장식품인데, 독특한 디자인에 세월의 흔적과 역사가 덧씌워져 신비로워 보이기까지 하다. 언뜻 봐선 얼마인지 알 수도 없을 정도로 많은 동그라미가 붙은 예술품들을 하나하나 시간을 들여 감상하다 보면 어느새 그 천문학적인 가격표를 구경하게 된다. 거부할 수 없는 예술에 감탄하는 "우와!"보다, 여러 개의 동그라미가 붙은 가격표에 경탄을 금치 못하는 "우와!"가 이때부턴 더 자주 나온다. 그렇지만 100년 남짓 된 20세기의 생활소품을 파는 코너도 있어서 가격의 압박으로 구경만 했던 사람들에게도 구입 기회를 제공한다. 18세기와 19세기의 시계, 샹들리에, 카펫 등을 구경하다 보면 신기한 물건들도 눈에 띈다.

아이들 장난감 중 목마나 앙증맞은 목각인형은 장난감이라기보다는 장인의 손길이 고스란히 뿜어져 나오는 예술품으로 다가온다. 고풍스런 유모차나 고가구로 손색이 없는 아기침대도 "은수저를 입에 물고 태어난다"는 말을 실감케 할 정도로 심지어 멋있기까지 하다! 긴 눈썹에 머리를 예쁘게 세팅한 인형도 두세 겹의 속옷을 갖추어 입고

스타킹과 양말까지 신었을 정도로 완벽한 복장을
갖추고 있어 자꾸 치마를 들추어보게 된다.

　이 조그만 마을의 구석구석, 엄청난 예술품
들이 각자 가장 우아한 포즈를 취한 채 진열
되어 있다. 주인들은 큐레이터 못지않은 방대
한 지식으로 예술품의 역사를 들려주니 웬만한
미술관이나 박물관 이상이다. 삼엄한 경계와 수
백 대의 CCTV가 동시에 돌아가는 거대 박물
관, 가공할 만한 침묵에 갇힌 예술에만 익숙하
던 우리들에게 시장에서 만지고 느끼는 예술은
새롭기만 하다. 단지 좀 긴 가격표가 붙어 있을 뿐이다!

한겨울의 마르셰 드 노엘
아비뇽

겨울철 프로방스 거리엔 큰 소나무를 트렁크에 실은 소형차들이 눈에 많이 띈다. 크리스마스 장식을 온몸에 휘감아도 겨울이 별로 실감나지 않는 야자수 사이로 버겁게 반쯤 삐죽이 나왔지만 유연하게 흔들리며 어디론가 실려 가는 소나무들이 "프로방스에도 크리스마스는 온다"고 노래 부르는 듯하다. 프로방스에서도 무덥기로 둘째가라면 서러운 아비뇽^Avignon에도 12월은 오고, 시청 앞엔 크리스마스 시즌에만 열리는 시장 마르셰 드 노엘^Marché de Noël이 선다. 예쁜 장식으로 화려하게 치장한 흰 오두막 부스들이 여러 개의 작은 골목을 메우면 그 안에 색다른 프로방스가 펼쳐진다.

우아한 장식품을 단 큰 크리스마스트리가 플래시 세례를 받고, 밤하늘 아래 다채로운 색깔의 전구들이 캐럴 박자에 맞춰 꺼졌다 켜지기를 반복한다. 회전목마엔 축제의 밤을 불사르는 사람들이 날개가 달린 유니콘과 호박 마차를 타고 빙그르르 돌아간다. 아이들은 산타 할

아버지와 사진을 찍고, 어른들의 손에선 뜨거운 레드와인 뱅쇼 Vin chaud
가 모락모락 김을 내뿜고 있다. 시장 귀퉁이엔 군밤을 굽는 고소한 장
작 냄새에 사람들이 긴 줄을 만든다.

'마르셰 드 노엘'의 좋은 점은 지역 분위기가 물씬 풍긴다는 것이다.
공장에서 대량으로 찍어 상품화된 크리스마스가 아니라 우리끼리 속
닥거리며 낄낄대는 맛이 있다. 이곳에 오면 먼저 크기별, 가격별로 늘
어선 선물 세트인 콜리 드 페테 Colis de Fêtes 를 만날 수 있는데 이는 푸아
그라, 송로버섯, 햄, 잼, 말린 과일 등 겨울철 별미와 와인 한 병을 곁
들인 맛있는 종합 선물 세트다. 프로방스의 자랑거리인, 성경에 나오는
인물들을 작은 점토인형으로 만든 상통 Santon de Provence 도 인기다. 그 외
에 장난감, 액세서리, 만찬용품인 그릇과 촛대, 양초, 장식용 트리, 장
식 소품 등 다양한 구경거리로 가득하다.

그러나 제아무리 화려한 장식품들이 유혹해도 단연 사람들이 몰려
있는 곳은 맛있는 크리스마스 음식을 파는 곳이다. 특히 정육점을 방
불케 하는 '육고기와 햄' 코너엔 차마 똑바로 쳐다보기 힘든 먹을거리
들이 널려 있다. 살아 있다면 지빠귀라고 불렸을 듯한, 털이 뽑힌 작은
새들이 추워 보이는 알몸으로 열을 맞춰 누워 있는데, 눈은 꼭 감은
채로 꺾인 목은 다들 단정히 왼쪽을 향하고 있다. "날 사가세요. 엄청
맛있다니까요!"라고 말하는 듯 부리에는 상록수 이파리를 하나씩 물
고 목에는 금색 리본까지 둘렀다. 그 옆에는 금박으로 포장한 푸아그
라가 진열되어 있다. 분명 생전엔 '송아지만 한 거위'로 이름을 날렸을
것이 분명하다. 간이 정말로 수박만하니까. 그저 금박 푸아그라만 있
었다면 괜찮았을 것을 불행히도 그 거대 푸아그라 위로 잘린 거위 목

이 꼿꼿이 장식되어 있다. 역시 눈은 꼭 감은 채로.

그 옆에는 불과 한 살이 채 안 되어 보이는 새끼 통돼지 바비큐가 원형 그대로 구워져 있다. 맛있는 고기라는 생각보다는 정말 미안하지만 아기 돼지의 사체라는 느낌이 지워지지 않는다. 특히나 그 선명한 이목구비는 자체 모자이크 처리를 해주고 싶을 만큼 선명하다! 애써 그들과 눈이 마주치지 않도록, 시선을 위로 올려 허공을 휘저으면서 좀 더 설탕 냄새가 나는 쪽으로 발길을 옮긴다. 언젠가 스웨덴의 크리스마스 시장엔 순록고기가 인기라는 기사를 읽고 '흑, 루돌프를 저녁 만찬으로⋯⋯' 하며 감정이 북받쳐오던 때와 비슷한 느낌으로.

한눈에도 알록달록 불량식품의 느낌을 풍기는 사탕과 캐러멜, 누가^{nougat}, 솜사탕 코너에 오니 이제 마음이 좀 놓인다. 핫 초콜릿인 쇼콜라 쇼^{Chocolat chaud}에 아몬드 비스킷을 먹으면서 마음을 진정시키는데, 그때 일부러 그렇게 하기도 힘들 만큼 심하게 털이 헝클어진 담갈색 개가 나를 보며 아주 반갑게 꼬리를 흔든다. 쥐불놀이하듯 큰 원을 그리며 재빠르게 꼬리가 돌아간다.

오터하운드 종인 이 개의 이름으로는 '카오스'나 '허리케인', '토네이도' 정도가 딱 어울릴 것 같다고 생각하면서 먹고 있던 아몬드 비스킷을 톡 떼어 주니 축축한 코를 내 손에 부비면서 받아먹는다. 그때 주인인 듯한 연초록색 눈동자를 가진 남자가 휘파람을 불더니 허리케인에게 햄 조각 하나를 던져준다. 그 순간 토네이도는 세상에서 제일 행복한 개의 표정으로 남자가 있는 조그만 부스 안으로 들어갔다. 뒤이어 오묘한, 향기인지 악취인지 모를 송로버섯 특유의 향이 코를 찌른다. 은색과 금색으로 요란한 장식을 한 버섯과 훈제 햄을 파는 부스다.

포동포동 살이 오른 묵직한 송로버섯이 눈앞에 탐스럽게 펼쳐진다. 프로방스의 산악지역인 보클뤼즈의 농부들이 11월에서 이듬해 3월까지 떡갈나무나 개암나무 뿌리 위에서만 자라는 이 '버섯의 왕'을 채취하기 위해 돼지나 훈련시킨 개를 데리고 온 산을 뒤지고 다닌다. 돼지는 송로버섯을 발견하는 즉시 먹어치우려 들기 때문에 개를 요즘은 더 많이 이용한다고 하지만 개가 돼지만큼 잘 찾아내지는 못한다고 한다. 또 송로버섯을 찾는 것은 그저 운이기 때문에 여러 해 반복해온 농부들에게도 쉽지 않은 작업이며 그 희소가치로 가격은 천정부지로 솟아 크리스마스 시즌이 되면 금값에 버금가는 몸값을 자랑한다.

먹음직한 검은 송로버섯 앞에서 잠시 망설였지만 토네이도의 헝클어진 털 사이로 보이는 간절한 눈빛을 차마 뿌리칠 수 없다. 크리스마스이브 만찬을 위해 몇 조각 사기로 한다. 송로버섯 슬라이스를 안심 스테이크 위에 얹어 무거운 레드와인을 곁들이면 최고로 화려한 겨울의 맛을 느낄 수 있을 테니까. 계산을 하는 사이 토네이도가 사람들 사이에서 또 쥐불놀이를 하듯 꼬리를 돌리고 있다. 토네이도는 호객 행위를 하고 햄 조각을 받아먹도록 고도의 훈련을 받은 개였다! 오터하운드가 수달을 잡는 사냥개로 훈련된다는 말은 들어봤지만, 호객 행위로 손님을 모아온다는 말은 들어본 일이 없다. 지금 보니 꼬리도 한두 번 돌려본 솜씨가 아닌 것 같다. 영화 「유주얼 서스펙트」의 그 유명한 장면처럼, 집 안에선 단정히 하고 있다가 집을 나서면서는 털도 일부러 헝클어트리는 게 아닐까? 정겨운 풍경에 「식스센스」를 능가하는 반전까지 숨어 있는 마르셰 드 노엘!

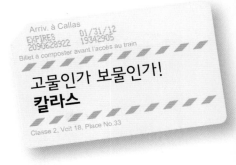

Arriv. à Callas
EXPIRES   01/31/12
2090628922   19342905
Billet à composter avant l'accès au train

Classe 2, Voit 18, Place No.33

고물인가 보물인가!
칼라스

봄이 되면, 겨울옷들을 정리하고 집안 구석구석 대청소를 한다. 그리고 주말이면 '다락방 비우기'라는 뜻의 비드그르니에Vide-grenier를 하는데, 마을 공원이나 주차장 등의 공터가 장터로 변신해 누구라도 물건을 사고팔 수 있는 장이 마련되는 것이다. 이제는 필요 없는 물건을 잔뜩 가지고 와 자동차 보닛 위에도 진열하고, 차 앞에 테이블을 펼쳐 진열하기도 하고, 잔디 위에 보자기를 깔고 진열해놓기도 한다. 팔리면 좋지만 안 팔려도 상관없다. 호객 행위나 실랑이도 없다. 물건을 상자째로 내려놓거나 보자기 위에 펼쳐놓는 것으로 파는 사람의 할 일은 끝난다. 옆집 사람과 아니스anise라는 식물의 향이 진하게 나는 파스티스Pastis 술을 쉴 새 없이 비워가며 아이들 얘기, 애완견 얘기 등 사람 사는 얘기를 나누고 서로 마음에 드는 것이 있으면 물물교환도 하면서 소풍 온 듯 하루를 보낸다. 주로 옷가지와 신발, 아이들 장난감, 그릇이나 유리잔 등 생활용품들이 절대다수를 차지하고 있으며 영화 포

스터, CD, 레코드판, 오래된 그림과 장식품도 있다. 모든 품목이 콜라한 잔, 샌드위치 하나 정도의 가격이기에 아이들이 있는 집에서는 대환영이다. 모처럼 아이가 사달라는 옷이며 장난감을 다 사주는 슈퍼맘, 슈퍼 대디가 되는 날이다! 아이들이 쉽게 싫증을 낸다고? 다음 비드그르니에에 가지고 나와 팔면 된다.

주로 이런 장터는 봄에 집중적으로 열리지만 다른 계절에도 가끔열린다. 장이 열리는 시기는 순전히 마을 이장님 맘이다. 곳곳에서는이 옷 저 옷 입어 보느라 땀을 뻘뻘 흘리는 여자들이 많이 보이는데,처음 본 사람한테 뒷지퍼를 올려달라고도 하고, 아무데서나 훌훌 벗고 마음에 드는 옷을 입어보기도 한다. 만약 누군가가 놀라서 쳐다본다면 "속옷은 입고 있는데 뭘?"이라고 대꾸할 듯 당당하다. 옷이나 구두는 사이즈만 맞으면 의외로 횡재하는 수도 생긴다. 특히 오랫동안

다락방에 처박혀 있던 것들은 본의 아니게 복고풍이나 빈티지 스타일이 되어 오히려 젊은 사람들의 구매욕을 자극한다. 어깨를 부풀려 우스꽝스러워 보이던 옷도, 배를 다 덮는 하이웨이스트 바지도 유행이 돌고 돌아 다시 사랑 받는 것처럼. 산더미처럼 쌓인 옷을 파헤치고 또 파헤치다 보면 보물을 거저 가져갈 기회도 생긴다. 그러나 그 옷들 중엔 '아무리 그래도 이건 좀……'이라고 할 정도로 낡은 것들도 있고, 세제나 과자 상표가 대문짝만하게 붙은 기념품이나 경품 등 조악한 것들도 많다. 자전거 타이어, 자동차 스페어타이어도 나와 있고, 찢어진 그림이나 너무 많이 깨져서 원형을 짐작하기도 힘든 장식품, 또 심지어는 누군가의 이름이 선명히 박힌 상장이나 트로피도 판다.

그러나 의외로 희한한 것을 수집하는 사람도 많고, 사람마다 미의 기준이며 생활방식이 달라서인지 의외의 것들이 새 주인을 찾아 잘도

팔린다. 햇빛 아래 고물인 듯 고철인 듯 널브러진 타이어를 반짝이는 눈으로 세심히 살펴보고 "이거 얼마예요?" 하고 묻는 사람들도 있고, 학교 테니스 대회 3등 트로피를 요리조리 살펴보며 "묵직하고 좋네. 이거 주세요" 하는 사람도 있다. 도대체 어떤 용도로 남의 이름이 선명히 박힌 트로피를 그것도 묵직하다고 좋아하면서 사가는 걸까? 영화를 너무 많이 봐서 이상한 상상이 떠오르려고 한다. 그러나 '트로피로 마늘을 빻으려고 하는 걸 거야. 유머를 생활화하는 유쾌한 사람이구나'라고 애써 좋게 생각하고 얼른 넘어가기로 한다.

특이한 사람, 독특한 취향, 그리고 고물과 보물의 오묘한 줄타기. 프로방스의 사람 사는 냄새가 가득한 비드그르니에를 한참을 구경하다 보니 동양인인 나를 사람들이 구경하고 있다.

추억을 파는 벼룩시장
칸

Arriv. à Cannes
EXPIRES 01/31/12
2090628922 19342905
Billet à composter avant l'accès au train

Classe 2, Voit 18, Place No.33

많은 해안 도시들이 과거 어부들의 생존 무대에서 레저 무대로 바뀌고 결국은 호화로운 요트로 가득한 항구도시로 탈바꿈하는 걸 많이 본다. 그렇지만 프로방스의 해안 도시들은 다행히 과거와 현재가 친숙하게 뺨을 부비며 공존하고 있다. 칸도 외국에서 오는 요트가 많기에 요트 출입국 관리센터까지 있는 세련된 항구 옆에서는 아침마다 갓 잡은 생선들이 선장의 손에서 직접 팔리고, 그물을 손질하는 어부들도 볼 수 있어 묘한 매력이 느껴진다. 가끔 그물 손질하는 걸 구경하면서 요즘은 어떤 생선이 많이 잡히는지 물어보며 이야기를 나누다 보면 자잘한 생선을 공짜로 얻기도 한다. 첨단의 유행을 선도하는 멋진 부티크들이 즐비한 곳이라서가 아니라 아직도 높은 파도로 고깃배가 나가지 못하는 날엔 생선가게가 문을 닫는 곳이기에 정이 간다. 유행이라는 이름으로 과거의 모든 게 한순간 소멸되거나 세계적 추세라는 거창한 구호 아래 당장 돈이 되는 것을 좇기에 급급한 사람들이 많지 않아

더 정이 간다. 새것과 옛것이, 또 버릴 것과 버리지 않아야 할 것들이 잘 선택되어 있는 이곳이 그래서 좋다.

칸의 시장이라고 하면 365일 오전에 장이 서는 마르셰 포르빌^{Marché Forville}과 주말에만 서는 벼룩시장이 있는데, 이곳에도 예스러움이 잔뜩 묻어난다. 포르빌은 일요일도 거르지 않고 매일 오전에 장이 서지만 계절마다 다른 표정을 보여준다. 날마다 색깔을 달리하는 과일과 꽃, 철마다 바뀌는 채소와 생선, 그리고 나무로 짠 바구니를 들고 장을 보는 지역 사람들인 카누아즈^{Cannoise}, 그리고 그 사이를 비집고 친근한 분위기를 즐기는 관광객들로 매일 북적인다. 이렇게 지붕은 있지만 사방이 뚫린 장터는 도시마다 하나씩은 있고 프랑스 사람들에겐 삶의 일부이기에 어딜 가나 볼 수 있다. 관광객들은 대형마트에 비해 비싼 가격이 의외라는 듯 의아해 하지만 일단 과일이든, 채소든 맛을 보면 절로 고개를 끄덕일 수밖에 없다. 때문에 카누아즈들은 주로 이곳에서 청과물을 산다.

시청 옆에 펼쳐지는 노천시장은 주말에만 서는 벼룩시장이다. 수천 대의 요트가 정박해 있는 옛 항구가 골동품과 한데 어우러져 예스러운 분위기가 물씬 난다. 빈티지 식기 세트, 손때 묻어 정겨움을 더하는 장난감, 레코드판, 고서적이 늘어서 있고 현재의 화폐로 과거의 화폐를 살 수도 있다. 벼룩시장엔 벼룩만 없다더니 정말 천천히 들여다보면 없는 게 없다. 여행 중인 사람들이라면, 돈도 돈이지만 무게나 부피 때문에 기념품 앞에서 아쉬워하며 돌아서야 하는 경우가 많다. 때문에 나는 여행 중에는 부피와 무게의 압박은 없으면서도 제일 가슴에 와 닿는 CD와 엽서를 주로 산다. 알아들을 수 없는 언어로 녹음된

CD와 상징적인 한 컷을 담고 있는 엽서는 시간 앞에 흐릿해지는 여행의 추억들을 재생하는 역할을 훌륭히 해낸다.

　그래서 나는 어느 시장을 가나 늘 한 귀퉁이를 차지하고 있는 엽서와 음반 들을 꼼꼼히 구경하는데, 음반 코너엔 우리나라에선 희귀 음반으로 분류될 만한 레코드와 CD가 넘쳐난다. 엽서 코너엔 150년이 넘은 엽서나 전쟁 중에 발행된 엽서들도 심심찮게 볼 수 있는데 단순히 오래된 엽서뿐만 아니라 이미 사용된 엽서들도 많다. 프로방스의 청량감을 정성스런 필체로 가득 담은 이런 엽서에는 휴가의 들뜬 마음과 상대에 대한 그리움까지 고스란히 담겨 있다. 또 대부분의 엽서

들이 프로방스 해변 풍경을 담고 있
어 지금과 비교해 봐도 크게 다르지
않은 1900년 즈음의 모습을 보는 재
미도 있다. 또 실제로 사용되었던 엽
서들엔 희귀하지는 않더라도 예쁜 우
표와 발신 우체국의 스탬프가 선명히
찍혀 있어 특별함을 더한다. 엽서 한
장으로 100년 전 어떤 이의 추억 한 자
락을 살 수 있는 곳. 과연 특별한 기념
품을 살 수 있는 특별한 시장이다.

자연을 입은 도자기 시장
투레트쉬르루

Classe 2, Voit 18, Place No.33

첫인상은 노란색에서 막 초록색이 되려는 연두색처럼 색깔로도, 마시멜로처럼 부드럽게 스르르 녹아버리는 맛으로 다가오기도 한다. 강아지가 손바닥을 핥듯 축축하지만 나쁘지 않은 촉감으로 기억되기도, 탄산수에 띄운 레몬 조각처럼 상큼한 향으로 다가오기도 한다. 손을 흔들며 다가오는 인상적인 한 장면으로도, 멋진 헤어스타일이나 특이한 디자인의 옷이 각인되어 스타일로 남는 사람도 있다. 도자기를 굽는 이 프랑스 여인은 바삭거리는 패스트리에 부드러운 생크림과 싱싱한 딸기를 얹은 타르트처럼 사랑스런 첫인상을 가졌다. 그녀의 이름은 도미니크다.

남편의 친구이자 도예가인 그녀는 여름엔 정원에서 딴 무화과를 한 박스씩 가져다 주고, 겨울엔 100킬로그램에 달하는 올리브를 직접 따 방앗간에 보내 올리브 오일을 만들어 주변 사람들에게 선물할 정도로 정 많은 여인이다. 9월 초, 프로방스의 도예가들이 모여 전시회를 겸

한 시장을 연다기에 아침을 먹고 느긋하게 출발했다.

투레트쉬르루^{Tourrette-sur-Loup}는 16세기의 고풍스런 집들과 아기자기한 아틀리에가 어우러져 있어 한눈에도 예술가 마을임을 알 수 있다. 소박한 자갈길을 따라 올리브 오일, 와인, 초콜릿 등을 파는 작은 상점과 라벤더가 앙증맞게 수놓인 테이블보와 냅킨, 패브릭 커튼을 파는 상점도 보인다.

거친 듯 멋스러운 돌담길을 따라 일요일 오후의 나른함만이 느껴지는데, 유독 마을 광장은 사람들로 북적인다. "가는 날이 장날이다"라는 말은 우리나라에선 부정적인 의미로 쓰이지만 여기선 다르다. 차를 타고 낯선 곳을 지나가다가도 장이 선 곳을 발견하면 고맙다. 이곳에도 기대하지 않았던 시장을 발견하고 기쁜 마음으로 들여다보는 사람들이 많이 보인다. 산기슭의 작은 마을인데도 늦여름이라서인지 외국 관광객들도 많이 눈에 띈다. 나도 그들 사이에 슬쩍 섞어본다. 오래된 이 마을의 광장엔 이미 온갖 현대적인 도자기들이 저마다의 개성을 뽐내고 있는데 세트로 구입하면 웬만한 소형차 값이 나올 정도의 고급 도자기도 있고, 기하학적인 무늬와 패턴을 가진 적당한 가격의 장식용 도자기도 있다. 동양풍의 디자인과 색감을 입힌 도자기나 자연을 닮은 소박한 색감에 올리브 나뭇가지나 매미 등을 그려넣은 지극히 향토적인 생활 도자기들도 있다. 파이앙스^{Faience} 또는 무스티에^{Moustiers}라고 부르는 프로방스의 도자기들도 눈에 띈다. 투박하고 정감 있는 생활 도자기들과 차원이 다른, 예술작품으로까지 여겨지는 파이앙스는 비싼 가격에도 이국적인 멋으로 많은 사람들에게 인기가 높다.

여러 도자기들 중 나를 놀라게 한 것은 숙련된 기술로 빚은 미니어

처 도자기다. 도무지 사람이 만들었다는 것이 믿기지 않을 만큼, 사람이 사용한다는 것이 믿기지 않을 만큼 작은 크기와 또 표면에 세밀히 그려넣은 문양에 혀를 내두를 지경이다. 다소 투박한 프로방스 도자기들 사이에서 앙증맞은 미니어처를 만든 사람은 거칠고 두툼한 손의 할아버지 도예가였다. 숙련된 장인의 손끝에서 아기자기한 예술이 빚어지는 모습을 상상하니 귀엽기도, 심오하기도 하다.

도미니크는 쓰임새도, 가격도, 크기도 천차만별인 매우 다양한 종류의 도자기와 생활 소품들을 전시해놓고 있었는데 이 모든 게 그녀의 남편이 만든 가마에서 구워져 나왔다고 생각하니 신기할 따름이다. 도미니크의 접시 몇 개를 골라본다. 흰색 바탕에 파란 장미꽃이 달린 것으로.

집으로 돌아오니, 앙증맞은 접시 몇 개가 새로울 것 없는 식탁을 화려하게 만들어준다. 좋아한다는 건 그런 것이다. 시장에서 산 1만 원짜리 티셔츠도 드라이클리닝을 해 입는 것이 있고, 명품 드레스라도 한 번 입고 처박아 두는 천덕꾸러기 신세가 되는 경우가 있듯 좋아한다는 건 객관적인 값어치와 상관없이 예뻐하는 것이라고 나는 생각한다. 비싼 도자기는 아니지만 그녀를 닮아 사랑스러운 이 접시들을 진열장 가운데 예쁘게 포개어 놓으니 입가에 미소가 지어진다. 도미니크의 설명에 따르면 1,000도의 열기 속에 구워진 도자기에는 자잘하게 예쁜 균열이 만들어진다고 한다. 이 접시들도 그렇다. 실금의 균열들 때문인지 새것의 낯설음은 없고 오랫동안 내 부엌에 있었던 듯 벌써부터 친숙하고 익숙한 느낌이 든다.

꽃시장에서 아침을
니스

봄의 첫날, 조각조각 연결되지 않는 꿈을 꾸며 한참을 뒤척이다가 새벽
에 깼다. 6시, 오늘부터 서머타임이 시작되므로 지금은 새벽 5시다. 잠
을 청할수록 정신은 또렷해져 본의 아니게 오랜만에 일출을 보며 니
스로 향한다. 어스름도 사라지고 뒤따라오던 밤을 내가 저만치 앞질러
가려는 찰나, 아침바다를 맞이한다. 칸에서 니스까지의 해변도로는
아침 햇살을 느끼기에 더없이 좋은 드라이브 코스다. 일출로 일렁이는
고요한 바다와 눈으로 뒤덮인 웅장한 알프스가 차창을 가득 메운다.

　멀리 중세와 르네상스, 그리고 현대가 공존하는 니스의 아침 풍경
을 바라보며 구시가로 들어선다. 1963년에 개설되어 아직도 1년 365
일 구시가의 살레야Saleya 거리에서 열리는 꽃시장에 도착하니 아침 7시
다. 아침을 먹으러 카페에 들어갔지만 아직 주방에 일하는 사람이 출
근하지 않아 오믈렛은 주문이 안 된단다. 커피와 팽 오 쇼콜라Pain au choc-
olat를 내오시는 아주머니는 아침 일찍부터 일하는 사람답지 않게 유쾌

하기만 하다. 따뜻한 카페오레와 빵을 먹으며 『니스마탱Nice-Matin』이라는 지역 신문을 보다 보니 어느새 커피와 아침을 먹으려는 사람들로 카페가 점점 북적이고, 밖으로는 예쁜 등나무로 엮은 장바구니를 들고 느긋하게 장을 보는 사람들이 보인다. 바구니 끝으로 앙증맞게 튀어나온 라벤더나 샐러리 이파리들을 보니 아침의 상쾌함이 오감으로 느껴진다. 이른 아침부터 시장으로 끌려 나온 몇몇 강아지들은 떨떠름한 표정이다. 일요일인데 늦잠도 안 자는 주인이 못마땅한 모양이다. 그렇게 조금씩 활기를 띠는 시장은 어느새 사람들의 이야기와 신선한 봄의 향기로 가득 찬다. 봄의 첫날인 오늘은 오가는 사람들 사이에 딸기향이 묻어난다. 신선한 딸기 몇 팩을 고르고 샐러드용 채소를 보는데 큰 배추벌레가 사력을 다해 이파리 속으로 숨어들고 있다. 언제부터인가 벌레가 자유로이 노니는 채소가 자랑스러운 시대가 되었다. 프로방스도 예외는 아니어서 나를 보는 주인은 배추벌레가 자랑스러운 듯 오히려 흐뭇한 표정이다.

이 노천시장의 이름이 말해주듯 이곳의 하이라이트는 단연 꽃시장이다. 봄이라서 더욱 싱싱하게 느껴지는 꽃들로 인해 한층 화사해지는 아침, 아름다운 생명에 값을 매기는 것은 미안한 일이라는 생각도 잠시 이쪽 집이 더 싼지 저쪽 집이 더 싼지 비교해가며 구경하게 된다. 이곳에는 허브도 많이 파는데 관상용뿐 아니라 식용도 판다. 한쪽에는 라벤더가 잔뜩 쌓여 있다. 라벤더는 방향제의 역할뿐 아니라 방충 효과도 있다. 때문에 프로방스에선 다림질을 할 때나 옷을 보관할 때 라벤더 꽃물을 스프레이로 뿌리기도 해서, 시장에선 1년 내내 대용량의 꽃물을 살 수 있다. 사랑스럽고 신기한 이름의 야생화들이 넓적한 화

분에 섞여 있어 일부러 스타일링하지 않아도 자연스러운 멋을 연출한다. 나도 테라코타 색의 화분에 담긴 투박하고 자연스러운 멋을 저렴하게 사서 돌아간다. 소박한 화분과 싱싱한 과일을 품고 집으로 향하는 사람들의 얼굴에 행복이 가득하고, 테라스와 창문에도 봄기운이 가득하다.

"불행은 다른 사람의 마음에서 오는 것이 아니다. 영혼의 외투 혹은 오막살이에 불과한 육체의 조절되지 않은 기질에서 오는 것도 아니

다. 그렇다면 불행은 어디서 오는 것일까? 그것은 불행이 존재할 수 있다는 당신의 확신으로부터 온다. 그러므로 그러한 확신을 거부하라. 그러면 모든 일이 순조롭게 될 것이다."

아우렐리우스는『명상록』에서 말했다. 불행의 원인은 불행하다는 생각 그 자체이며 불행이란 실제로는 존재할 수 없다고. 고대에 살았던 아우렐리우스도 알았던 진리를 나만 모르고 있었던 건 아닐까?

구시가에서
쇼핑을

프랑스에서 다섯 번째로 큰 도시답게 니스의 마세나Masséna 거리엔 프렌치 시크French chic를 뿜어내는 사람들이 오간다. 프랑스 여자들의 세련미를 일컫는 프렌치 시크는 전 세계 유행을 이끌지만 오히려 보편적 트렌드를 거부하는 그 아이로니컬함에 매력이 있다. 개인의 체형과 장단점, 헤어스타일과 얼굴형 그리고 개성은 무시한 채 유행만 따르는 사람이 프랑스에선 가장 꼴불견이다. 화려함을 피하면서도 자신의 정체성을 확연히 드러내는 그들의 스타일이 프랑스를 패션 아이콘으로 성장시켰다. 니스의 유명 백화점과 명품 가게를 둘러보면서 첨단의 유행과 프렌치 시크를 구경하는 것도 재밌지만, 진짜 재밌는 건 투박하며 예스럽고 거칠기까지 한 구시가지다.

니스는 1860년까지 니차Nizza란 이름으로 불린 이탈리아 땅이었기 때문에 아직도 이탈리아의 느낌이 곳곳에 남아 있는데, 특히 구시가의 파사주passage와 발코니 들이 그렇다. 뜨거운 햇볕이 집 안 깊이 들어오는 걸 막고, 바람은 시원하게 통하도록 좁은 골목을 사이에 두고 좁고 높게 지은 집들이 이탈리아의 중세시대 모습을 고스란히 간직하고 있다. 이곳의 낡고 좁은 골목들은 수없이 갈라졌다 모이고 또 이어지기를 반복하며 프로방스 스타일의 쇼핑천국을 만들어낸다. 과자가게에 들어가 엑상프로방스 Ax-en-Provence의 대표 간식 누가를 맛보고, 패브릭 가게에 들어가 올리브 나무와 매미가 수놓인 앞치마와 식탁보, 냅킨 등을 구경하고, 오일 가게에 들러 갓 짜낸 올리브 오일에 절인 멸치와 꽁치 통조림도 산다.

비누 가게에 들어가 100개가 넘는 향들을 일일이 맡아보고, 향수 가게에선 라벤더

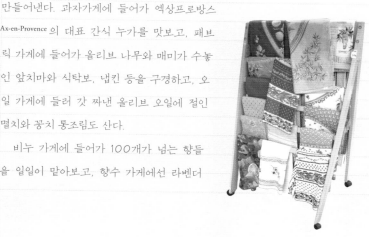

와 흰 장미 향수를 시도해볼
수도 있다. 이렇게 이 가게에
서 저 가게로, 정신없이 구시
가의 미로를 헤매다 보면 선
물용으로, 기념품으로 어느새
양손 가득 쇼핑백이 들려 있
다. 갑자기 불어날 여행 가방
이 잠시 걱정이지만, 아직도
와인, 과일 잼, 양초, 그릇, 개
성 있는 소품들로 가득 찬 가
게들이 계속 눈에 밟힌다.

　　여행을 방해하지 않으면서
도 부담스럽지 않은 선물로 좋은 아이템이 바로 사탕 제품들이다. 흔하지 않아
호기심을 자극하는 라벤더맛, 장미맛, 꿀맛 등의 사탕과 껌들이 프로방스 스
타일의 앙증맞은 케이스에 들어 있어 귀여운 선물이 된다. 수십 개의 골목골
목을 바지런히 오가면서 쇼핑을 하고 나면 그제야 작은 카페와 빵가게, 아이
스크림 가게, 그리고 레스토랑이 늘어선 거리 풍경이 눈에 들어온다. 이곳에
선 레스토랑에 들어가 든든한 한 끼의 정찬을 먹기보다 길거리 음식으로 군것
질을 하며 여기저기를 기웃거리는 재미가 쏠쏠하다. 니스의 명물 소카Socca도
먹고, 자그마치 100가지 맛이 넘는 아이스크림을 진열한 가게 앞에서 일생일
대의 가장 중요한 결정처럼 어떤 것을 맛볼까 고민하고, 하루 종일 라이브 공
연이 펼쳐지는 바의 테라스에 앉아 시원한 로제와인도 한 잔 마시면서 하루를
보내기 좋다.

4계절 4색 시장
제대로 즐기기

여름

어느 도시에서나 벼룩시장이 서고 특히 해변엔 야시장까지 열려 볼거리가 많다. 벼룩시장에 나오는 물건들은 종류만도 수백 가지지만 그중에서 특히 반지, 목걸이, 귀고리, 시계, 브로치 등의 귀금속은 마음에 드는 게 나타나면 주저 없이 사길 권한다.

벼룩시장엔 주로 19세기 초에서 20세기 중반에 만들어져 독특한 디자인에 루비나 호박, 오팔 등 비교적 저렴한 보석을 쓴 액세서리가 많은데 50~200€ 정도로도 충분히 멋스러운 것을 고를 수 있다. 고풍스러운 디자인에 프로방스 스타일의 케이스가 딸린 반지나 목걸이는 선물로도 그만이다.

봄

비드그르니에 같이 지역색 짙은 시장은 철저히 '마을 주민의, 마을 주민을 위한, 마을 주민에 의한' 시장이기 때문에 마을 형편에 따라 그때그때 날짜가 정해진다. 마을 주민들에겐 2주 전쯤 전단지를 붙여 알리기 때문에 구경을 원한다면 벽보를 유심히 보는 수밖에 없다. 주로 2~4월에 집중적으로 열리기 때문에 이 시기에 해안을 따라 천천히 운전하면 서너 개의 비드그르니에를 쉽게 찾을 수 있다. 옷이나 구두, 가방은 흔치 않은 디자인과 색깔들이 많아 잘 고르면 횡재하는 수가 있다.

• 칼라스
callas-83.pagesperso-orange.fr
• 니스 꽃시장 www.nice.fr
열리는 날 : 매일 오전

• 파이앙스 앤티크 시장
www.ville-fayence.fr
열리는 날 : 1월과 8월 | 기간 : 2주간
• 칸 벼룩시장 www.cannes.com
열리는 날 : 매주 일요일 | 여름 : 토·일요일
문 닫는 시간 : 토·일요일 밤 11시까지(여름)

겨울

프로방스 대부분의 도시에 마르셰 드 노엘이 열려 먹을거리, 구경거리, 즐길거리가 넘쳐난다. 프로방스의 자랑인 크리스마스 트리 밑을 장식하는 점토 인형인 상통은 수작업으로 만들어져 인물의 표정이 섬세하고 다양한 것이 특징이다.

성경 속 인물들뿐만 아니라 프로방스의 전통 복장을 갖춘 인형도 많아 고르는 재미도 있고 10~30€ 정도로 가격도 그리 부담스럽지 않다. 한 번 사면 크리스마스 때마다 꺼내 쓸 수 있다. 또 겨울에만 파는 뱅쇼나 니스의 전통 간식 소카, 추러스, 군밤 등은 크리스마스 시장의 대표 간식으로 꼭 맛봐야 하는 별미다.

• **아비뇽 마르셰 드 노엘** www.avignon.fr
  기간 : 11월 말 ~ 이듬해 1월 초까지

가을

프로방스에 온 이상, 마르셰를 둘러보는 것은 필수다. 이른 새벽에 열려 정오에 파하는 마르셰는 어느 마을에서나 계절을 막론하고 매일 열리지만, 풍성한 먹을거리로 가득 차는 가을이 가장 화려하다. 프로방스의 치즈와 올리브 절임, 싱싱한 제철 과일을 맛보며 잠시나마 프로방스 사람들의 진짜 삶 속으로 들어가 보자.

• **칸 마르셰 포르빌** www.cannes.com
  열리는 날 : 매일 오전(월요일 제외)

3장

아틀리에에서, 쉬다

아를 ı 퐁비에에유 ı 엑상프로방스
앙티브 ı 칸쉬르메르 ı 시미에 ı 망통

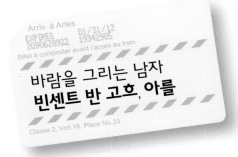

바람을 그리는 남자
빈센트 반 고흐, 아를

스물일곱 늦은 나이에 화가가 된 남자, 모델을 구할 돈이 없어 거울 속 자신의 모습을 그리며 평생 39점의 자화상을 남긴 화가, 그럼에도 귀에 붕대를 감고 있는 유독 초췌한 모습이 떠오르는 불운의 화가 빈센트 반 고흐Vincent van Gogh. 4개 국어에 능통하고 독서광이었던 지식인이자 10년 남짓 그린 그림만으로 21세기의 사람들을 열광하게 만드는 그는 진정한 천재 화가다.

그가 파리에서 아를Arles로 거처를 옮긴 건 당시 유행처럼 번지던 일본미술에 심취했던 그가 "아를의 햇빛이 일본과 비슷하다"는 앙리 드 툴루즈-로트레크Henri de Toulouse-Lautrec의 말을 듣고 난 직후였다. 그러나 아를에서의 생활은 궁핍함 그 자체였다. 동생 테오가 보내주는 돈으로는 늘 값비싼 물감을 사느라 낮에는 커피와 빵으로 끼니를 때우며 캔버스 가득 아를의 태양을 칠했고 밤에는 압생트Absinthe라는 싸구려 술을 마시며 아를의 별을 스케치했다. 당시 송진과 물감 냄새에 이미 중

「귀에 붕대를 감은 자화상」
빈센트 반 고흐 ㅣ 캔버스에 유채 ㅣ 60×49cm ㅣ 1888 ㅣ 런던 코톨드 인스티튜트 미술관

독되어 있던 반 고흐는 납 성분의 물감이 묻은 붓을 입으로 무는 습관 때문에 날로 수척해져갔고 환각까지 보게 되지만 그의 캔버스 속 노란색은 점점 찬란해져갔다. 잔인한 아이러니는 이 궁핍한 시기에 그린 「붓꽃」이 그가 죽은 지 100년 만에 소더비 경매에서 5,980만 달러에 팔려 그때까지의 그림 경매사상 최고가를 기록했다는 것이다.

그의 이야기에서 빼놓을 수 없는 이름이 폴 고갱Paul Gauguin이다. 파란만장한 어린 시절을 뒤로하고 주식 중개인으로 성공했던 고갱은 뒤늦게 화가가 되었지만 그의 얼굴은 어쩐지 순수한 화가라기보다는 약삭빠른 사업가의 모습 같다. 때문에 몇 년 전 '고갱이 반 고흐의 귀를 잘랐다'는 새로운 설이 제기된 뉴스를 보았을 때 나는 그 뉴스가 신빙성이 있으리라 추측하기도 했다.

반 고흐는 규칙을 어겼을 때 스스로 한겨울의 추위를 나체로 견디는 벌을 내렸을 만큼 자신에게 엄격했다. 그는 자본주의 사회와는 전혀 어울리지 않았고 현실과도 너무나 동떨어진 순진한 예술가였다. 때문에 지극히 현실적이고 셈이 빨랐던 고갱과의 불행한 결말은 어쩌면 당연한 결과였을지 모른다.

1888년 아를을 방문한 고갱과의 만남은 반 고흐를 들뜨게 했지만 10주도 채 안 되는 그들의 동거는 심한 말다툼으로 막을 내리고, 반 고흐가 귀를 자르는 유명한 일화만을 남긴다. 아를 시립병원과 생레미Saint-Rémy의 정신병원을 거쳐 1890년 7월, 프랑스 북부 오베르쉬즈우아르Auvers-sur-Oise에서 권총 자살로 생을 마감하기까지는 그리 오랜 시간이 걸리지 않았다. 죽기 직전까지 고갱을 그리워하던 그였다.

고갱은 파리를, 오염된 문명세계를 혐오하여 원시적인 타이티로 건너가 수많은 작품을 그렸지만 다시 파리로 돌아온 후엔 실패와 좌절을 겪으며 나락으로 떨어진다. 이 시기의 고갱에게 영감을 받아 서머싯 몸^{Somerset Maugham}이 쓴 『달과 6펜스』의 찰스 스트릭랜드처럼 예술의 경지에 이르기 위해 깊은 고뇌를 거듭한 그는 「우리는 어디서 왔으며, 무엇이고, 또 어디로 가는가」와 같은 심오한 대작을 남긴다.

고갱은 반 고흐를 도저히 이해할 수 없었나 보다. 고갱의 진술에 의하면 반 고흐는 늘 정신적 문제가 심각했던 화가로 기록되어 있으니까. 그러나 반 고흐의 자살이 불행의 끝은 아니었다. 반 고흐가 죽은 지 6개월 후, 동생 테오도 죽자 테오의 부인은 반 고흐의 그림들이 여러 가지 이유로 유럽 전역에 흩어져 있다는 것을 알고 그의 그림을 모으는 작업을 시작한다. 그런데 어떤 술집에서는 반 고흐의 그림이 다트 판으로 사용되고 있었고, 어떤 집에서는 땔감으로 파괴되어버렸다. 심지어 반 고흐의 어머니는 그의 그림 여러 점을 닭장의 구멍을 막는 용도로 쓰고 있었다. 반 고흐가 빚을 갚기 위해, 선물로 혹은 그저 짐이 되어서 이사 당시 가지고 가지 않은 것들이었다. 그렇게 그의 사후에도 오랫동안 그의 작품들은 처참한 몰골로 사라졌다.

21세기에 '세상에서 가장 비싼 그림 10점'에 폴 세잔^{Paul Cézanne}, 피에르 오귀스트 르누아르^{Pierre Auguste Renoir}, 파블로 피카소^{Pablo Picasso}와 함께 빈센트 반 고흐의 그림 중 「붓꽃」「수염 없는 예술가의 초상」「닥터 가세의 초상」세 점이 포함되어 있다는 것은 아이러니컬하다.

그는 불운한, 가끔은 행복하기도 했던 삶의 순간들엔 항상 자화상을 그렸다. 사진은 왜곡되어 사물을 있는 그대로 보여주지 못한다고 생각한 그였기에, 그의 내면까지도 충실히 반영된 자화상 속 얼굴이

「붓꽃」
빈센트 반 고흐 | 캔버스에 유채 | 71×93cm | 1889 | 폴 게티 미술관, 말리부

정답일 것이란 생각이 든다. 사실 반 고흐는 모델에게 줄 돈이 없기도 했지만, 그보다는 자존심 강한 스스로를 지켜내기 위해 자화상을 그렸을 것이다. 그리고 그의 사진 속 얼굴이 자화상 속 그보다 훨씬 잘생겼다는 걸 생각하면 그는 자기 자신에게 너무 엄격한 잣대를 들이댔던 것이 분명하다. 1886년 2월 첫 자화상을 시작으로 그의 특유의 붓터치가 나오기 시작한 1887년 「펠트 모자를 쓴 자화상」, 일본 수도승의 분위기로 자신을 표현한 1888년 「폴 고갱에게 바치는 자화상」 등을 남겼고 특히 「귀에 붕대를 감은 자화상」 직후에 그린 1889년 「자화상」에서는 깨끗이 면도한 자신을 그려 다시 시작하고자 하는 의지를 표현하기도 했다. 그렇지만 불행히도 그는 영원히 귀에 붕대를 감은 불안하고 초췌한 자화상으로 대표될 것 같다.

현재 아를에는 그가 살던 노란 집과 카페, 그가 감금되었던 병원과 그의 그림에 등장하는 장면들이 모두 남아 있어 그의 그림 한 점 한 점을 온전히 느낄 수 있다. 여름엔 40도를 웃도는 고온 건조한 날씨가

「별이 빛나는 밤의 삼나무길」
빈센트 반 고흐 , 캔버스에 유채 , 92×73cm , 1890 , 크뢸러 뮐러 박물관, 오테를로

계속되기에 고스란히 햇볕을 견디며 걸어 다니는 것조차 힘들지만 반 고흐의 그림 속 소용돌이치는 자연과 햇빛을 담은 화려한 색채를 즐기기에 제격이다. 또 이곳에선 낮에는 반 고흐의 표현대로 "창백한 유황빛으로 반짝인다"는 아를의 태양을, 밤에는 론 강 위에서 환상적으로 빛나는 별들을 직접 대면하는 신기한 경험도 하게 된다. 많은 학자들이 프로방스의 바람 미스트랄Mistral로 인해 반 고흐 그림 속 자연들이 소용돌이치는 것처럼 그려졌다는 설을 주장하기도 했는데 실제로도 그렇다. 미스트랄에 부대끼는 별들은 그림 속의 그것과 너무도 흡사하다.

사람들은 그가 환각 상태에서 그림을 그렸다고 하지만 반 고흐의 그림 속 풍경들을 아를에서 직접 대면한 사람이라면 그것을 부정하지 않을 수 없다. 그의 일상은 술과 납 중독으로 환각 상태에 빠져 있었는지는 몰라도 그림을 그리는 그 순간만큼은 어느 때보다도 맑은 정신이었을 것이다.

풍차 방앗간에서 온 편지
알퐁스 도데, 퐁비에유

Arriv. à Fontvielle
EMPIRES   01/31/12
2090628922   19342905
Billet à composter avant l'accès au train

Classe 2, Voit 18, Place No.33

풍차 방앗간의 오두막은 편하고 아늑하다. 이곳이야말로 내가 찾고 있던 고장, 신문과 마차 그리고 뿌연 안개로부터 천 리나 떨어진, 따스하며 향기가 나는 곳이다. 게다가 오두막 주위에는 이 얼마나 숱한 아름다움이 있는가? 이곳에 자리를 잡은 지 이제 고작 일주일밖에 안 되었는데도 어느새 사물과 풍경들의 따뜻한 인상과 잊지 못할 추억으로 머리가 가득 차 있다.

이렇게 시작하는 『풍차 방앗간 편지』는 알퐁스 도데Alphonse Daudet의 첫 단편 소설집이자 그의 이름을 세상에 알린 작품이다. 도데는 여섯 살 때부터 라틴어를 공부했을 정도로 머리가 좋았지만 가업이 파산하여 고등학교를 중퇴하고 파리로 상경해 독학으로 공부하던 중 처녀 시집 『사랑하는 연인들』로 문단에 이름을 올렸다. 『풍차 방앗간 편지』는 1866년 『레벤망』 지에 「프로방스의 연대기」라는 제목으로 연재한 12

편의 글과 1868년 『피가로』 지에 연재한 12편을 모아 1869년에 출판한 것으로, 24편의 단편들은 대부분 프로방스의 인물, 풍경, 날씨, 풍물놀이, 풍속, 민요, 전설 등을 소재로 하고 있다.

풍차 방앗간의 여러 상황을 우화적으로 그려낸 「방앗간에 입주하는 날」을 시작으로 아비뇽유수 시대의 사회 모습을 적나라하게 묘사한 「교황의 노새」, 순진한 퀴퀴냥 사람들을 선의의 거짓말로 회개시키는 주임 신부에 관한 코믹한 이야기 「퀴퀴냥의 신부」, 동물과 숲을 의인화한 모습이 압권인 「산문으로 쓴 발라드」, 자신의 가장 소중한 것을 잃어버리고 사는 사람들을 환상적인 요정의 이야기로 바꾸어 들려주는 「황금 뇌를 가진 사나이의 전설」, 시인 미스트랄을 통해 프로방스어와 이곳의 소박하고 자유로운 주민의 생활을 생생히 전해주는 「시인 미스트랄」, 16세기 중세 가톨릭 교회의 부패함을 비판하는 「고세 수사의 불로장생 주」, 코르니유 영감의 방앗간에서 벌어지는 이상한 이야기를 담은 「코르니유 영감의 비밀」 같은 단편을 액자식 구성, 편지 형식, 우화 느낌의 의인화 등 재미난 방식으로 담아 프로방스 사람들의 소박하고 순수한 생활상과 싱그러운 풍경까지 아름답게 묘사했다.

뿐만 아니라 현실에 대한 쓸쓸한 체념 또한 우화적으로 그려내어 많은 사람의 호평을 받았다. 그중 프로방스의 순진한 청년 장의 비련을

그린 「아를의 여인」은 후에 3막의 연극으로도 상연되었으며, 오페라 작곡가 조르주 비제$^{Georges\ Bizet}$가 아름다운 곡을 붙여 더욱 유명해졌다.

그러나 우리에게 가장 잘 알려진 작품은 루베롱^{Luberon} 산의 목장에서 홀로 양떼를 돌보는 양치기 소년의 이야기 「별」이 아닐까 싶다. 점심나절에 내린 소나기로 강물이 불어나 마을로 돌아갈 수 없게 된 아름다운 주인집 딸 스테파네트와 밤을 지새우는 양치기 소년의 이야기는 황순원의 소설 「소나기」와 비슷한 감수성으로 오랫동안 기억에 남는다.

고향의 자연을 사랑했던 도데는 비 온 뒤의 싱그러움과 인적 드문 깊은 산속 풍경, 별이 쏟아지는 신비한 밤 풍경 등을 그림 그리듯 섬세하게 표현했다. 특히 그저 어둡고 무섭게만 느껴졌던 밤 풍경의 묘사가 오히려 낮엔 보이지 않던 것들이 깨어 움직이는 듯 그려져, 어린 목

동과 그 작은 어깨에 살포시 기댄 스테파네트 아가씨의 기분, 그들이 가다듬는 호흡까지도 고스란히 느껴진다.

우리에게 친근한 또 하나의 단편이 「마지막 수업」이다. 아이의 마음에 비친 패전국의 비애와 애국심을 섬세하게 그려낸 이 단편은 1870년 보불전쟁에 자원입대한 도데가 그때의 체험을 바탕으로 쓴 단편집 『월요 이야기』에 들

어 있다.

　단풍이 활개하는 늦가을의 퐁비에유^{Fontvieille}는 어딘가 쓸쓸함이 묻어난다. 짧은 해가 서둘러 떨어지는 초저녁, 이 작은 마을의 작은 언덕에 있는 작은 풍차에 다다른다. 화려한 로제와인 빛 노을을 온몸으로 맞고 있음에도 보잘것없는 풍차, 이것이 그 유명한 도데의 풍차인가 의심스러울 정도다. 정말이지 마른하늘에 덩그러니 걸린 풍차는 소박하다 못해 초라하기까지 해서 안쓰러울 정도다. 열 발자국은 될까 싶은 풍차 주변을 한 바퀴 빙 돌아보니, 알겠다. 뼈대만 앙상한 풍차의 날개 때문이다. 어떤 강한 바람이 불어와도 숭숭 빠져나갈 뿐 영원히 멈춰버린 풍차. 도데가 이곳에 왔을 때도, 이미 풍차 방앗간은 제 기능을 잃고 허물어지길 기다리고 있었다고 하니 그나마 도데로 인해 철거되지 않고 세월을 버텨내는 게 기특할 뿐이다. 한 평 남짓 될까 싶은 풍차의 2층을 둘러보고 내려오니 철 지난 투어를 하는 러시아 단체 관광객들이 몰려와 딱한 풍차를 어루만진다. 그들의 교과서에도 도데의 단편들이 있었는지 풍차 지하에 작게 꾸며진 박물관에서 러시아어로 된 도데의 책들을 구경하며 하나 둘 상념에 빠지기도 한다.

　바람 부는 언덕 위, 오랫동안 풍차가 바라봤을 세상을 나도 내려다본다. 오렌지 빛 단풍 위에 더 진한 오렌지 빛 노을이 내려앉아 도데의 소설처럼 아련한 향수를 불러일으킨다.

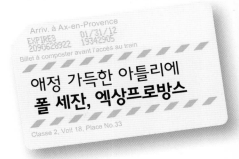

지저분하게 물감이 묻은 폴 세잔의 작업복과 손때 묻은 캔버스들, 그리고 조금 전까지 그가 그렸을 것만 같은 과일 바구니가 그대로 놓여 있다. 세잔은 갑자기 생긴 점심 약속으로 자리를 비우고, 나는 간발의 차로 그를 놓쳐버린 손님처럼 그가 돌아오기를 기다리는 기분으로 할 일 없이 그의 빈 아틀리에를 둘러본다. 크기와 모양이 제각각인 캔버스 대여섯 개와 벽화를 그릴 때 사용했을 것 같은 3미터는 족히 넘어 보이는 사다리, 세월이 묻은 여러 개의 이젤, 정물의 대상이었을까 아니면 단순히 앉는 용도일까 잠깐 고민하게 되는 생김새가 제각각인 의자들, 금방 벗어놓은 듯 벽에 걸린 두 벌의 외투, 그리고 평소에 그가 즐겨 쓰던 모자와 지팡이까지 세잔의 아틀리에에는 꼭 100년 전 모습 그대로다.

　1901년 세잔은 엑상프로방스 외곽에 땅을 사서 무화과와 올리브 나무로 정원을 가꾸고, 직접 설계도를 그려 건물을 짓고, 그 건물 2층

「장미 무늬 벽지를 배경으로 한 자화상」
폴 세잔 ┃ 캔버스에 유채 ┃ 66×55cm ┃ 1875 ┃ 개인 소장

에 자신의 아틀리에를 만들었다. 「장미 무늬 벽지를 배경으로 한 자화상」에서 보이는 것처럼 불만에 가득 차 있고, 고집 세며, 특이하고 뿔뚝한 노인네가 아니라 인자하면서도 정감 있는 할아버지가 숙련된 손놀림으로 가꾼 흔적이 역력하다. 그리 크지 않은 이곳에 들어서면 먼저 뒷마당으로 난 큰 유리창이 눈길을 사로잡는다. 폭과 너비가 각각 3미터 정도 되는 방의 한 면이 모두 유리창이라 해도 과언이 아닐 정도로 큰 통창으로 쏟아져 들어오는 햇살은 이 방이 야외인 듯 실내인 듯 묘한 분위기를 자아낸다. 이 채광 좋은 아틀리에에서 세잔은 정확한 묘사를 위해 사과 하나를 두고 그것이 썩을 때까지 그렸다. 때문에 그는 21세기 사람들까지 매료시킨 예술가로 남았고 나는 역사 속에서 가장 유명한 사과인 이브의 사과, 뉴턴의 사과와 함께 세잔의 사과를 만나는 행운을 누리고 있다.

세잔은 상상력이 풍부하지 않아 눈앞의 사과나 먼 산을 주로 그렸다고 한다. 그러나 사과와 배가 있는 정물화를 보면 방 안의 분위기와 그림을 그리고 있는 심각한 표정의 세잔까지 생생히 떠오를 정도로 상상력을 극대화시킨다.

아틀리에만큼이나 그가 많은 시간을 보냈다는 정원엔 세잔이 내어놓은 좁다란 산책로와 그가 앉았을 법한 앙증맞은 벤치가 곳곳에 남아 있다. 세기의 예술가 세잔의 조각품도 이 정원에서는 마치 그가 심은 나무 한 그루, 손때 묻은 의자만큼이나 정원과 자연스럽게 어우러진다. 천천히 이곳을 거닐다 보면 구석구석 담뿍 애정을 쏟아 쓰다듬고 보듬었을 세잔의 손길이 느껴진다. 이 아틀리에를 방문하고 작은 규모에 실망하거나 정작 그의 작품은 하나도 구경할 수 없어 아쉬워하

는 사람들이 많다. 그렇지만 유명 박물관에서 삼엄한 경비 속에 조명을 받으며 박제된 듯 걸린 작품을 구경하는 것보다 세잔이 애착을 가지고 만들고, 사랑하고, 살고, 그렸으며, 삶을 마쳤던 이 아틀리에야말로 그를 제대로 만날 수 있는 공간이다.

이 아틀리에는 1906년 세잔의 죽음 이후 15년 동안 닫혀 있다가 마르셀 프로방스Marcel Provence라는 사람이 세잔의 아들에게서 사들였다. 그의 사후에는 이곳이 훼손되는 것을 걱정한 사람들이 모여 세잔 기념회를 설립해 집을 매입한 후 엑상프로방스 마르세유 대학에 기증했으며 1969년 이후부터 엑상프로방스 시의 소유가 되어 현재에 이르렀다. 현재 엑상프로방스에는 세잔의 발자취를 따라가는 시티투어가 있으며, 이 투어로 세잔의 생가와 그의 가족이 살았던 두 채의 집, 미술을 배웠던 학교와 평소 그가 즐겨 갔던 미라보 거리의 카페 데 되 가르송Café des Deux Garçons, 그가 결혼식을 올렸던 교회와 그의 장례식이 치러졌던 교회, 세잔 아버지의 소유였고 한때 그도 근무했었던 은행과 세잔의 부인과 아들이 살던 집, 세잔 어머니의 아파트, 심지어 세잔 할머니의 집까지 찾아가볼 수 있어 그야말로 세잔의 모든 것을 경험할 수 있다.

"모든 자연현상은 원기둥, 구, 원뿔로 함축된다"는 이론을 제시해 20세기 초 야수파와 입체파를 낳게 한 세잔이지만 그의 아틀리에를 방문하면 왠지 자연을 지배하는 원초적인 힘을 포착하려 했던 위대한 화가 세잔보다는 정원에서의 산책을 즐기고, 큰 창으로 들어오는 햇빛에 행복해하며, 오랜 친구 에밀 졸라Émile Zola의 편지에 감동하고 그리움에 잠겼을 인간 세잔을 느끼게 된다.

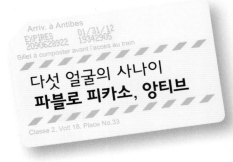

다섯 얼굴의 사나이
파블로 피카소, 앙티브

너무나 오랫동안 그림을 그린다는 것은 사물을 최대한 똑같이 모사하는 것이라 여겨졌다. 그러나 그 공식은 세잔이 자연을 원통과 구, 원추 단위로 재구성해 그리면서 서서히 균열이 가기 시작했다. 그리고 1907년, 한 화면 안에 여러 개의 시점을 담은 파블로 피카소의 「아비뇽의 처녀들」이 완성되면서 완전히 깨지게 된다. 그러나 정작 20세기 미술의 시작을 알린 피카소의 이 작품은 혹독한 악평에 시달리며 한동안 아틀리에 구석에 처박혀 있었다. 그가 파리의 몽마르트르에서 가난한 화가로 살면서 자신의 캔버스를 태워 불을 쬐던 시절이었다.

피카소의 본명은 파블로 디에고 호세 프란시스코 데 파울라 후안 네포무세노 마리아 데 로스 레메디오스 시프리아노 데 라 산티시마 트리니다드 마르티르 파트리시오 클리토 루이스 이 피카소^{Pablo Diego José} Francisco de Paula Juan Nepomuceno María de los Remedios Cipriano de la Santísima Trinidad Martyr Patrício Clito Ruíz y Picasso로 복잡한 이름만큼이나 혼란의 시대를 거치며 다사다난한

삶을 살았다. 두 번의 세계대전을 겪으며 당시의 많은 예술가들이 변절하거나 자유를 찾아 미국 등지로 망명한 것과는 대조적으로 그는 꿋꿋이 유럽에 남아 「게르니카」 「한국에서의 대학살」 등을 그려내며 예술에 전념했다.

이 혼란의 시대에 피카소의 애정사에도 많은 '혼란'이 있었다. 그는 평생 일곱 명의 여성과 염문을 뿌리며 여성 편력을 자랑했는데, 그의 두 번째 애인 에바 구엘은 결핵으로 비명횡사했으며 그의 네 번째 애인 마리테레스는 열일곱 살에 피카소와 사랑에 빠져 평생 그를 사랑했고 피카소 사후 주차장에서 목을 매 자살했다. 다섯 번째 애인이었던 사진작가 도라 마르는 피카소가 이별을 통보하자 정신착란증에 시달렸다. 피카소의 첫째 아들 파올로는 알코올중독으로, 파올로의 아들은 음독자살로 죽었으며 피카소의 마지막 여인 자클린 로크는 권총 자살로 생을 마감하는 등 피카소의 사후는 편치 않았다. 그러나 앙티브의 피카소 박물관에서는 30분 거리인 무쟁Mougins의 집과 발로리스Val-lauris의 도자기 작업실 그리고 이곳 아틀리에를 오가며 아흔두 살의 나이로 생을 마감할 때까지 프로방스의 태양과 더불어 삶을 즐긴 행복한 피카소를 만날 수 있다.

앙티브의 구시가 한가운데 자리 잡은 샤토 그리말디Grimaldi는 중세 시대뿐 아니라 근대에 들어서도 소유권 다툼이 심했던 군사적 요충지다. 1925년에 앙티브 의회의 소유가 되어 그리말디 박물관으로 불렸는데, 피에르 보나르Pierre Bonnard, 모리스 드니Maurice Denis, 앙리 레바스크Henri Lebasque, 폴 시냐크 등 유명 화가들의 그림이 전시된 남쪽 건물 2층이 1945년부터 피카소의 아틀리에가 되었다. 그는 이곳에서의 작업을 "단지 그림을 그리기 위한 것이 아니라 박물관을 꾸미는 기분이다"라고 말했으며 이 아틀리에에서 「염소」「삶의 기쁨」을 비롯해 23점의 그림과 44점의 드로잉을 완성했다. 1966년 12월 27일, 샤토 그리말디의 정식 명칭이 피카소 박물관으로 바뀌었고 1990년대에 들어서서는 자클린 피카소가 개인적으로 소장하던 피카소의 작품들을 이 박물관에 기부하면서 245점의 작품을 전시하게 되었다.

수많은 전쟁의 기억을 지닌 샤토 그리말디는 돌로 두텁게 쌓아 올린 성벽이 무색하게 사방엔 열대식물들이 온몸을 비비 꼬고, 탁 트인 지중해 위엔 흰 요트가 한 조각 떠가는 여유로운 풍경에 폭 안겨 있다. 튼튼한 나무로 짠 입구를 지나 피카소 박물관으로 들어서면 장난과

예술의 모호한 경계에서 줄 타듯 만들어진 여러 점의 드로잉과 과연 천재 예술가라고 느껴질 만한 그림과 조각까지 피카소의 수많은 작품들이 전시되어 있어 눈을 현혹한다.

테라스로 나가 푸른 지중해를 배경으로 서 있는 조각들을 바라보면 어느새 그의 아틀리에로 들어서게 된다. 2층의 아틀리에로 올라가는 작은 계단에선 입체파를 연

상시키는 피카소의 수만 가지 표정들을 먼저 마주하게 된다. 장난기 가득한 어린아이 같은 얼굴, 짧은 반바지에 슬리퍼를 신고 바다낚시를 하는 어부의 모습, 개를 쓰다듬는 평범한 아저씨의 모습, 마흔두 살 어린 자신의 연인 프랑수아 질로를 꼭 껴안은 남자의 모습, 진지한 눈빛의 예술가의 모습…….

사진 속의 피카소가 이보다 더 행복할 수 없는 얼굴로 자신의 영역에 들어선 나를 열렬히 환영한다. 지중해의 햇살이, 미풍이 그리고 코발트 빛의 바다가 여러 개의 창으로 밀려들었다 쓸려 나가는 작은 공간에서, 유난히 흰 벽과 높은 천장, 많은 창들이 피카소의 행복했던 나날들을 명쾌히 보여준다. 아틀리에에 전시된 작품들과 더불어, 피카소도 바라보았을 창밖의 다채로운 풍경들까지 하나하나 감상하다 보니 그들이 내게 말을 걸어온다. 이곳은 창작의 고통에 신음하며 머리를 쥐어뜯는 고독한 예술가의 작업실이 아니라고. 이곳은 동심을 간직한 피카소라는 어른의 놀이터였고, 격한 자유로움을 꿈꾸는 예술가의 아지트였으며, 연인과의 키스를 갈망한 한 남자의 밀실이었다고.

예술은
프로방스에서

한 세기 이상 프로방스는 작가와 화가, 작곡가 그리고 많은 유명인사 들의 놀이터였다. 때문에 프로방스를 여행하다 보면 자연스럽게 프로방스의 대표 브랜드들을 곳곳에서 만날 수 있다. 특히 빛의 예술로 불리는 인상파 화가들이 가장 유명하고 그들의 작품이 가장 많이 주목받고 있다. 인상파 초기의 피에르 오귀스트 르누아르, 후기의 폴 시냐크와 라울 뒤피, 그리고 20세기의 두 거장 앙리 마티스와 파블로 피카소의 작품들이 모두 프로방스에서 완성되었다. 때문에 거의 모든 프로방스의 해변 도시를 그들의 그림으로 감상할 수 있다고 해도 과언이 아닐 정도로 프로방스를 담은 그림이 많다. 재미있는 점은 상당수의 예술가들이 프랑스인이 아니며, 유럽 각국에서 파리를 거쳐 생의 마지막을 프로방스에서 보냈고 사후에 프로방스에 묻히길 희망했다는 점이다. 또 그들을 생생하게 느낄 수 있는 아틀리에나 미술관, 박물관이 많이 남아 있어 특별한 마케팅 없이도 매년 그들의 발자취를 느껴보려는 수많은 관광객들이 프로방스를 찾아온다.

화가 외에도 사드 백작Marquis de Sade, 예언가 노스트라다무스Nostradamus, 시인 프레데리크 미스트랄, 알퐁스 도데, 『마농의 샘』의 마르셀 파뇰Marcel Pagnol과 『시라노 드 베르주라크』의 에드몽 로스탕Edmond Rostand, 『나무를 심는 사람』의 장 지오노Jean Giono 등이 프로방스 출신이다. 또 『순수의 시대』를 쓴 미국 작가 이디스 워튼Edith Wharton은 1915년, 앙드레 지드André Gide와 함께 이에르에 머물며 작품 활동을 하여 그녀의 이름을 딴 길이 남아 있고, 독일의 사상가 프리드리히 니체Friedrich Nietzsche 역시 니스 근처의 작은 중세마을 에즈Eze의 작은 골목길을 걷다가 『차라투스트라는 이렇게 말했다』를 구상했다 하여, 후에 그 골목에 그의 이름을 붙였다. 에밀 졸라의 활동무대였던 엑상프로방스에는 그의 이름을 딴 거리가 남아 있고, 그곳에서 시작되는 에밀 졸라 워킹투어가 있다.

또 20세기를 대표하는 작가이자 철학가며 저널리스트로 1957년 노벨 문학상을 수상한 알베르 카뮈Albert Camus가 말년을 보낸 프로방스의 작은 마을 뤼마랭Lourmarin은 오늘날에도 카뮈 추종자들의 발길이 끊이지 않는다.

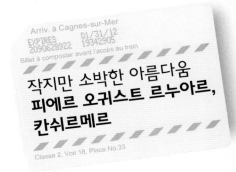

Arriv. à Cagnes-sur-Mer
EXPIRES   01/31/12
2090628922 19342905
Billet à composter avant l'accès au train

작지만 소박한 아름다움
피에르 오귀스트 르누아르,
칸쉬르메르

Classe 2, Voit 18, Place No.33

평생 6,000점 넘는 작품을 그려 지금까지도 우리를 행복하게 해주는 거장 피에르 오귀스트 르누아르. 그의 그림 앞에선 항상 마음이 푹 놓인다. 캔버스 속 여인들은 나풀거리는 레이스가 층층이 달린 드레스에 새틴 리본을 달고 피아노를 치거나 느긋하게 목욕을 즐긴다. 또 화려한 화장대 앞에서 정성껏 머리를 빗거나, 여유롭게 왈츠를 즐기고, 나른한 오후 강가에서 뱃놀이를 하고, 와인을 곁들인 한가로운 점심 식사를 한다. 그들은 늘 오동통하고 풍만한 몸매에 생기로 반짝이는 피부, 연한 분홍빛으로 물든 뺨, 그리고 걱정이라곤 전혀 없어 보이는 순수한 모습이고, 때론 철없어 보이기까지 하는 눈동자를 가지고 있다.

풍경들은 또 어떤가? 마른 풀포기 하나까지 화사한 금빛으로 빛나며, 꽃병에 꽂힌 꽃조차 매혹적으로 만개해 그 향까지 진하게 풍기는 것 같다. 정말 안심하고 한 작품 한 작품 느긋이 감상할 수 있다. 아무리 유명한 대작이라고 해도 렘브란트풍의 어두움, 고단함, 궁핍함이나 다비드 테니르스David Teniers나 외젠 들라크루아Eugène Delacroix풍의 처절함이나 비참함, 잔인함 같은 인간의 고통을 감상하게 되는 그런 순간을 정말이지 난 견딜 수가 없는 것이다.

여름의 온기가 남은 9월의 첫 번째 일요일, 아름다운 해변으로 유명한 도시 칸쉬르메르Cagnes-sur-Mer에 위치한 그의 집 레 콜레트Les Collettes에 들어서니 국립공원이라고 해도 좋을 풍경이 펼쳐진다. '소풍 금지'라는 푯말이 왜 저렇게 큼지막한 글씨로 대문에 붙어 있는지 이해될 정도로, 올리브 나무 사이로 펼쳐지는 파노라마는 저 멀리 중세시대의 구시가와 샤토 그리말디, 그리고 지중해까지 포함한 기막힌 절경을 보여준다.

류머티즘성 관절염으로 고생하던 르누아르는 따뜻한 지역에 살라는 의사들의 권유로 1907년, 부인, 세 아이들과 함께 칸쉬르메르로 이사했다. 그리고 농장을 사서 직접 집을 지었는데, 2층에 위치한 큼지막한 아틀리에도 그가 직접 설계했다. 2층으로 올라가 제일 먼저 아틀리에를 둘러보니, 모든 것이 100년 전 그대로다. 그가 의지했던 나무 휠체어와 팔레트, 빨간 침대, 그리고 바로 이 자리에서 완성한 「화가와 그의 모델」까지. 그러나 이 모든 것들이 그를 떠올리게 한다기보다는 오히려 그의 부재를 실감하게 해서 조금은 씁쓸한 기분이 든다.

다행히 이 아틀리에에서 나오면 집안 곳곳에서 평범한 가장으로서 행복했던 르누아르를 만날 수 있다. 콧수염이 재미있는 모양으로 구부러질 정도로 활짝 웃는 르누아르를 흑백사진으로 마주할 수도 있고, 오귀스트 로댕Auguste Rodin, 앙리 마티스, 아메데오 모딜리아니 등의 친구들과 나눈 친필 편지들도 볼 수 있다. 그림, 조각, 그리고 여러 점의 스

케치 등이 들려주는 르누아르의 마지막 12년에 대해 귀 기울이다 보면, 어느새 나이를 잊은 화가의 즐거운 일상을 들여다보게 된다. 그의 지인들이 그린 그림 속 르누아르와 그의 가족들을 만나는 색다른 재미도 있다. 특히 세 명의 아이들을 모델 삼아 그림을 그리고 있는 르누아르의 뒷모습을 그린 알베르 앙드레Albert André의 작품 「가족을 그리는 르누아르」 앞에선 발길이 멈춘다. 이미 걸을 수 없어 휠체어에 의지했을 뿐만 아니라 류머티즘과 오른쪽 어깨 관절의 경직으로 손에 붓을 묶은 채로 그림을 그리고 있는 예순 살의 르누아르와 아직 어려 마냥 좋기만 한 세 아이들의 모습이 겹친다. 서로가 있어 행복한 것인지, 인생의 마지막으로 달려가고 있어 서글픈 것인지 그림 앞에서 한동안 복잡하고 미묘한 감정이 교차한다.

2층의 아틀리에에서 무한히 반복되고 있는 흑백 무성영화를 통해 죽기 몇 달 전의 르누아르를 대하면 짐짓 숙연해지기까지 한다. 영화 감독이자 예술인이었던 그의 아들 장이 찍은 영화 속 르누아르는 앙상한 얼굴에 곱을 대로 곱은 손으로 빛을 낚아 끊임없이 붓질을 하고 있다. 이렇게 화려한 프로방스의 햇빛을 도저히 그냥 흘려보낼 순 없다는 듯이.

큰 창으로 무작정 쏟아져 들어오는 선명한 색채들은 일흔 넘은 예술가의 하루하루를 설레게 했을 것이다. 햇빛을 받은 경이로운 자연이 그에게 무한한 영감을 선사하고 티 테이블이 놓인 테라스에선 레

몬 나무와 장미 나무로 가득 찬 산책로가 내려다보인다. 정말이지 이 곳은 그림을 그리기에, 아이들과 놀아주기에, 친구들과 담소를 나누기에, 또 평온히 눈을 감기에도 최적의 곳이다. 1919년, 르누아르는 불편한 몸을 이끌고 루브르 박물관을 방문해 명화 사이에 걸린 자신의 그림을 보고 뿌듯해했다. 그리고 그해 겨울 숨을 거두었다.

이제 돌아갈 시간이다. 넉넉한 올리브 나무 그늘 밑에 서로를 베고 누운 연인들이, 또 홀로 늦은 점심을 음미하는 백발의 여인이 르누아르의 작품을 감상하고 있는 고즈넉한 풍경, 그 평온함이 내내 아른거리는 채로 대문을 나선다. 아무런 갈등도 없고 오롯이 감동만이 존재하는 시간의 틈새에서 현실로 돌아가는 마음으로.

단순하고 명쾌하게
앙리 마티스, 시미에

스무 살 여름, 벨기에의 안트베르펀^{Antwerpen}에 위치한 성모마리아 대성당을 방문했다. 1872년에 발표된 영국의 여류작가 위다^{Ouida}의 아동문학이자 텔레비전 애니메이션으로 더 잘 알려진 『플랜더스의 개』에서 네로가 그림을 보러 자주 드나들었던 바로 그 성당이다. 네로가 그토록 보고 싶어했으나 당시에는 돈을 내야만 볼 수 있었던 「그리스도의 강림」과 파트라슈를 꼭 껴안고 죽는 순간 평화롭게 올려다 본 「성모승천」 등 페테르 파울 루벤스^{Peter Paul Rubens}의 그림이 몇 점 남아 있는 곳이다. 한여름이었고 워낙 관광객들이 많아 성당이지만 꽤 부산했던 내부에서 나는 대작들을 눈앞에 두고도 별 감동을 받지 못했다.

그리고 7년 후, 크리스마스 휴가 때 벨기에를 다시 방문한 나는 그곳을 다시 둘러볼 수 있었다. 스산한 겨울 날씨에 한기까지 느껴지는 텅 빈 성당 내부에선 들릴 듯 말듯 작은 소리의 성가가 파이프오르간으로 울려 퍼졌고, 나는 그제야 오롯이 루벤스와 마주할 수 있었다.

「그리스도의 강림」
페테르 파울 루벤스 | 패널에 유채 | 421×311cm | 1612~14 | 안트페르펀 성모마리아 대성당

그리고 네로의 마지막 순간을 체험하는 귀한 경험을 했다.

　루브르 박물관의 백미 「모나리자」를, 바티칸의 시스티나 성당에 거대 벽화로 남아 있는 미켈란젤로의 「최후의 심판」을 직접 보고도 깊은 울림이 없었다면, 꼭 비수기인 겨울에 다시 가보길 바란다. 크고 유명한 미술관이나 박물관일수록 명작의 수는 많을지 몰라도 깊은 감동을 받기 어려운 이유가 바로 고요함 속에 작품을 감상할 기회가 주어지지 않기 때문이다. 그래서 프로방스가 잠잠해지는 겨울이 적기다, 마티스를 만나기에는.

　마티스는 1916년부터 니스 시내의 이곳저곳을 옮겨 다니다 프로방스 스타일의 대저택이 즐비한 시미에Cimiez 언덕에 정착했다. 큰 창으로는 햇살이 쏟아져 들어오고, 니스 앞바다가 한눈에 펼쳐지는 레지나 호텔의 3층에 아틀리에를 꾸민 마티스는 이곳의 햇살을 가위로 자르며 새로운 형태의 예술을 개척했다. 그리고 그의 사후에 아름다운 테라코타 색이 푸른 하늘과 대조되어 더욱 빛을 발하는 마티스 박물관Musée Matisse으로 작품들이 옮겨졌다. 이 건물은 19세기에는 영국 빅토리아 여왕의 겨울 별장이었다가 20세기에는 로마 유적을 전시하는 고고학 박물관으로 사용되었다. 현재 이곳엔 다른 미술관에선 접할 수 없는 마티스의 포스터 작품과 스케치, 페이퍼 커팅 작업이 전시되어 있고, 생전 그의 작업 사진들도 볼 수 있다.

　화창한 겨울, 마티스 박물관에 들어서면 대작들을 마주한 내 숨소리만이 울려 퍼진다. 완벽한 고요 속에 마티스와 독대하는 시간이다. 마음이 싸르르, 살짝 긴장이 된다. 제일 먼저 눈에 들어오는 건 대형 캔버스에 동심으로 돌아간 듯 단순하고 명쾌하게 색을 펼쳐 보이는

「꽃과 과일」이다. 앞에 마련된 소파에 앉아 찬찬히 그리고 충분히 바라보고 일어나도 그 강렬함이 잔상으로 남아 오랫동안 가슴이 뛴다.

1939년, 일흔의 마티스는 아내 아멜리와 헤어지고, 1941년 십이지장암 수술까지 받은 후 급격히 건강이 악화되어 침대에 누워 생활하는 지경에 이르렀고 심장병과 천식까지 도졌다. 그러나 오히려 색종이로 형태를 만들어 붙이는 새로운 기법으로 창작 활동을 계속했다. 쇠약해진 몸으로 외로운 삶을 연명하던 말년의 작품이지만 고단함이나 심오함보단 풋풋한 경쾌함이 묻어나 더욱 자유로워진 그의 생각을 읽을 수 있다. 이 박물관에는 특히 그 시기에 가위와 색종이만으로 천재성을 드러낸 작품들이 많아 마티스를 마음껏 만끽할 수 있다.

드디어 "푸른색의 미를 이보다 더 이상 잘 살릴 수 없다"고 극찬 받은 색종이 작품 「푸른 누드」 앞에 선다. 조금씩 다른 자세를 취하고 있는 이 '푸른 누드' 시리즈는 현재 세계 각지에 뿔뿔이 흩어져, 시리즈를 모두 감상하려면 지구를 한 바퀴 돌아야 할 지경이지만 지금 눈앞에 있는 「푸른 누드 IV」 이 한 작품만으로도 과연 색채에도 영혼이 있음을 느낄 수 있다. 그러나 머리를 매만지는 여인의 완벽하고 우아한 실루엣을 감상하는 것도 잠시, 수없이 그리고 지우기를 반복한 목탄 스케치 자국을 통해 단순함을 이뤄내기 위한 여든네 살 거장의 고뇌를 느낄 수 있다. 마티스는 "색은 단순할수록 내면의 감정에 더 강렬하게 작용한다"고 했다. 그가 경지에 올랐음을 단번에 알 수 있는 대목이다. 가끔 위대한 예술작품 앞에서 '저 정도는 나도 그리겠다'는 생각이 들기도 한다. 하지만, 막상 무엇인가를 표현하려고 하면 아는 척도 하고 싶고, 화려하게 꾸미고도 싶고, 뭔가 특별하게 보이고도 싶은

「푸른 누드 IV」
앙리 마티스 | 자른 종이 위에 과슈 | 1952 | 앙리 마티스 박물관, 니스

욕심이 끝없다. 결국 본질은 사라지고 거추장스럽고 요란한 결과물을 마주하게 된다. 그래서 고심한 흔적이 역력한 마티스의 단순함은 깊은 감동을 준다.

박물관 1층의 부티크에 들러 세계 각지의 대형 박물관으로 흩어졌거나, 개인 소장으로 더 이상은 볼 수 없는 작품들을 포스터로나마 감상해본다. 나는 마티스의 작품 중 구석구석 들여다보는 재미가 있는 아기자기한 그림들이 좋다. 그림 안에 또 다른 마티스 작품들이 액자 구성으로 들어 있고, 소소한 소품들을 찬찬히 뜯어볼 수 있는 「레드 스튜디오」 「붉은빛의 커다란 실내」 같은 작품들이 그렇다. 또 큰 창은

「붉은빛의 커다란 실내」
앙리 마티스 | 캔버스에 유채 | 146×57cm
1948 | 파리 국립현대미술관

열려 있고 그 너머로 시원한 바다가 중심인 듯 배경인 듯 무심히 펼쳐진 「열린 창, 콜리우르」 「바이올린 케이스가 있는 실내」 「축음기가 있는 실내」도 좋다. 얇고 화려한 커튼은 바닷바람에 나풀거리고, 생생한 색감들의 배치는 늘 정돈되어 서로 충돌하지 않는다. 또 활짝 열어젖힌 창으로 세상과 시원스레 또 자연스레 소통하는 느낌이 들어 실내 그림이라도 답답함이 없다. 안에 있는 듯 밖에 있는 듯 실내의 아늑함과 실외의 시원함을 동시에 주어 사랑스럽기까지 하다. 강렬한 대작도 좋지만 이렇게 한참을 들여다보며 끊임없이 소소한 재밋거리를 발견하게 되는 작품들 앞에선 마티스와 마주앉아 조곤조곤 이야기를 나누는 듯 살가운 느낌이 든다.

파블로 피카소는 "마티스의 뱃속에는 태양이 들어 있다"라는 표현으로 마티스를 극찬했다. 한가로이 고요한 겨울, 열린 창으로 니스의 파란 실루엣이 펼쳐진 마티스 박물관. 색종이 위에 거침없이 가위질을 하는 마티스의 숨소리가 들려온다. 그를 오롯이 독대한 사람이라면 알 수 있다. 과연 마티스의 뱃속엔 태양이 들어 있다.

Arriv. à Menton
EXPIRES   01/31/12
2090628922   19342905
Billet à composter avant l'accès au train

시대를 앞서간 시인
장 콕토, 망통

Classe 2, Voit 18, Place No.33

시인, 극작가, 연출가, 화가, 삽화가, 포스터 디자이너, 스테인드글라스 디자이너, 융단 제조자, 재즈 뮤지션, 도예가, 소설가, 문학비평가, 배우, 벽화 미술가……. 처녀 시집『알라딘과 램프』로 스무 살에 데뷔한 장 콕토Jean Cocteau의 이름 앞에는 무수히 많은 수식어가 붙는다. 20세기의 레오나르도 다빈치라 불리는 그는 옥스퍼드 대학의 명예박사였고, 당대 최고의 지성인임을 의미하는 아카데미 프랑세즈Académie française의 회원이었으며, 칸 국제 영화제 명예회장으로 황금종려상을 디자인한 장본인이기도 하다. 그러나 그는 늘 스스로를 시인이라 말하며 자신의 작품을 분류할 때는 소설은 소설시, 평론은 평론시라고 뒤에 시詩를 붙였다. 그래서 그의 영화는 '시인의 영화'로, 소설은 '시인의 소설'로, 평론은 '시인의 평론'으로 남게 되었다.

폭넓은 그의 예술은 친분을 쌓은 당대의 예술가들과 무관하지 않은데, 마르셀 프루스트Marcel Proust, 앙드레 지드, 에릭 사티Erik Satie, 파블로 피카소, 코코 샤넬Coco Chanel, 마리아 펠릭스Maria Félix, 에디트 피아프Édith Piaf, 루이 프랑수아 카르티에Louis François Cartier, 앙드레 브르통André Breton, 루이스 부뉴엘Luis Buñuel 등 20세기를 풍미했던 유럽의 많은 예술인들과 친분이 두터웠다. 넘치는 재능으로 예술의 테두리를 넘나들며 방대한 작업을 했던 그였기에 '겉만 번지르르한 사기꾼이자 코미디언'이라는 시샘 어린 혹평이 늘 뒤따랐고, 특히 동성애자인 그를 곱지 않은 시선으로 보며 조롱하는 사람이 많았다.

1919년 콕토는 어린 시인 레몽 라디게Raymond Radiguet를 만나고 그의 천재적 재능에 반해 그를 문단에 데뷔시켰다. 또한 함께 많은 여행을 하며 연인으로 발전하여 깊은 사랑에 빠졌지만, 스무 살의 어린 나이에 라디게가 비명횡사하자 콕토는 아편에 중독된다. 당시 장 콕토는 화이트, 옐로, 핑크 골드가 서로 꼬인 반지를 디자인해 카르티에에게 만들어달라고 의뢰했는데, 그것이 바로 유명한 트리니티 반지다. 세 가지 색상은 우정·충성·사랑의 상징으로, 현재도 카르티에의 인기 아이템으로 사랑받고 있다.

파리 근교의 부유한 가정에서 자란 콕토는 겨울마다 따뜻한 지중해로 내려와 지내곤 했다. 어린 시절에는 자신의 고향이라 부른 칸을 주제로 연작 단시를 짓기도 했는데, 그중 다섯 번째 작품인 「귀」라는 2행시가 특히 유명하다. 원제는 「칸 5」다.

내 귀는 소라껍질Mon oreille est un coquillage
바다 소리를 그리워한다Qui amie le bruit de la mer

단 두 행으로 이뤄진 이 시는 귀와 조개껍질의 시각적 유사점에서 출발해 파도소리로 이어지고 다시 귀로 돌아오는 구성으로 아련함을 준다. 짧은 언어의 긴 여운, 그의 재주가 돋보인다.

콕토는 말년을 망통Menton에서 보냈지만, 프로방스 곳곳을 돌아다니며 영화를 찍고 작품을 만들었다. 특히 그리스·로마 신화에서 영감을 받아 제작한 프레스코 벽화는 여러 곳에 남아 있는데 빌프랑슈Villefranche의 생피에르 예배당St. Pierre chapel, 생장카프페라Saint-Jean-Cap-Ferrat의 상토 소스피 빌라Santo Sospir villa, 카프다일Cap-d'Ail의 메디테라네앙 센터Centre Méditerranéen 그리고 망통 시청에서도 볼 수 있다. 시청 안의 결혼식 홀 살데 마리아주Salle des Mariages에는 1957년 콕토가 오르페우스 신화에서 영감을 얻어 그린 프레스코화가 남아 있다.

그는 망통의 전설을 크레용 그림인 「연인」 연작으로 남기기도 했는데 언제 바다로 떠날지 모르는 어부와 언제나 항구에서 기다리기만 해야 하는 망통 아가씨의 사랑이야기를 그린 작품이다. 또 그는 직접 망통의 항구에 위치한 17세기 바스티오Bastio 성채를 자신의 이름을 딴 박물관으로 만들기도 했다. 이 박물관의 개관을 위해 그는 모자이크 작품들을 비롯해 자신의 첫 태피스트리와 여러 점의 도예작품과 드로잉을 준비했지만, 정작 그 자신은 이 박물관이 개관되기 전에 세상을 떠난다.

1963년 10월 11일 절친했던 에디트 피아프의 죽음을 전해 들은 그는 "그녀는

위대했다. 에디트와 같은 여성은 이제 두 번 다시 나타나지 않을 것이다"라고 애도를 표했다. 그리고 불과 몇 시간 뒤 그 역시 심장발작으로 숨을 거뒀다. 마치 긴 여행을 떠나는 그녀를 배웅이라도 하듯.

사람에 따라 입체감이 넘치는 콕토의 시나 유머러스하면서 단순미 넘치는 그의 드로잉을 좋아하기도 하겠지만 나는 꿈과 무의식, 환상과 동화를 빛과 어둠으로 보여주는 콕토의 초현실적인 영화들을 가장 좋아한다. 나에게 콕토는 영화감독일 때 가장 매력적이다. 현실과 비현실의 경계를 지우려는 듯, 빛과 어둠을 교차시켜 신비로운 영상을 만들어내기 때문이다. 특히 18세기 동화이자 판타지의 고전인 「미녀와 야수」를 신화적으로 재해석한 동명 영화가 제일 좋다. 최면에 걸린 듯한 인물들의 움직임과 색 대비가 강한 배경들은 꿈을 꾸듯 몽환적이다. 오르

페우스와 에우리디케의 신화를 각색한 「오르페」에서와 마찬가지로 삶과 죽음, 이승과 저승의 경계인 거울이 환상적 분위기를 더한다.

사진 속 콕토는 늘 고급 정장을 차려 입은 말쑥한 지성인의 모습이다. 그러나 그는 신비의 세계를 갈망하는 순수한 예술가였다. 밤에 꿈을 꾸는 것으론 모자라 매일 오후, 옷을 차려 입은 채 잠을 자기도 했고, 설탕이 꿈을 가져다준다고 믿었기에 매일 몇 봉지씩 설탕을 먹기도 했다. 그의 순수함은 정교한 재능과 맞물려 늘 시대를 앞서가는 결과물을 내놓곤 했다. 21세기에 보아도 감탄할 수밖에 없는 그의 수많은 작품들이 망통을 비롯한 프로방스 곳곳에 살아 숨 쉬고 있다. 조용한 수요일 오전, 장 콕토 박물관에서 그의 체취에 젖어드니 문득 그가 시대를 앞서간 것이 아니라 어쩌면 시대가 그를 뒤따라가지 못한 것일지도 모르겠다는 생각이 든다.

3박 4일 예술 여행을
떠나보자!

예술가들의 아틀리에들은 대부분 고즈넉한 외각의 주택가에 위치하기 때문에 대중교통을 이용하기가 만만치 않아 렌터카로 여행하길 권한다. 3박 4일 일정이면 프로방스의 대표 아틀리에를 모두 둘러볼 수 있는데, 니스 국제공항에서 고속도로를 타고 아를에 도착한 후 거슬러 올라오며 여행하는 것이 좋다. 이곳에 소개하는 대부분의 장소들은 도시 간 이동 시에만 차를 이용하고 도심 안에선 걸어 다니는 것이 가능하다. 숙소는 도심에 가까우면서도 무료 주차가 되는 곳으로 선택해야 경제적이다.

• 프랑스 도로 교통상황
www.ast.fr | www.vinci-autoroutes.com

• Day 1 – 아를

니스-아를 : 거리 260km | 이용도로 A8 고속도로, N113 국도 | 시간 2시간 30분 | 요금 21.4€

아를은 걷기 좋은 도시로, 안내센터에서 '반 고흐 워킹투어 지도'를 사면 혼자서도 반 고흐의 발자취를 따라 모든 곳을 방문할 수 있어 저렴하고 알차다. 반 고흐가 그림을 그렸던 카페와 집, 병원과 론 강 근처를 둘러보면 자연스레 아를의 원형 경기장과 시청, 선착장 등을 지나게 되어 아를을 속속들이 구경할 수 있다. 반 고흐의 작품 속, 론 강의 젖은 노을과 소용돌이치는 별들을 놓치지 않으려면 하룻밤 묵어가는 것도 좋다.

• 반 고흐 워킹투어
www.arleisme.com

• Day 2 – 퐁비에유 | 엑상프로방스

아를-퐁비에유 : 거리 10km | 이용도로 D570 국도 | 시간 15분

퐁비에유는 예쁘지만 워낙 작은 도시라서 사실 특별한 구경거리는 별로 없고, 도데의 풍차와 박물관도 30분이면 충분히 둘러볼 수 있다.

• 도데의 풍차와 박물관
www.fontvieille-provence.com
관람 시간 : 10시~18시 | 요금 : 3€

퐁비에유-엑상프로방스 : 거리 80km | 이용도로 A8 고속도로, N113 국도 | 시간 1시간 | 요금 4€

엑상프로방스의 세잔 투어는 세잔 아버지의 집, 할머니의 집 등 지나치게 많은 주변인들의 이야기를 포함하고 있어 바쁜 일정이라면 그리 매력적이지 않다. 엑상프로방스에서 제일 번화한 미라보 거리에서 점심을 먹고 세잔의 단골 카페인 카페 데 되 가르송에서 커피를 마신 후, 아틀리에를 구경하는 것만으로도 충분하다. 도시 외곽에 위치한 아틀리에는 찾기 쉽지 않으므로 간단하게나마 약도를 그려가거나 내비게이션을 이용하는 것이 좋다.

• 세잔 아틀리에 www.atelier-cezanne.com
관람 시간 : 10시~18시 | 요금 : 6€

• 세잔 워킹투어
www.aixenprovencetourism.com
관람 시간 : 4~10월 매주 화요일 10시~12시
요금 : 8€

엑상프로방스-생트빅투아르 : 거리 30km | 이용도로 D6 국도 | 시간 1시간

생트빅투아르 산자락에 위치한 숙소는 엑상프로방스보다 저렴할 뿐 아니라 세잔의 작품으로만 보던 생트빅투아르 산을 창밖으로 직접 감상할 수 있어 좋다.

• Day 3 – 앙티브와 칸쉬르메르

엑상프로방스-앙티브 : 거리 158.5km | 이용도로 A8 고속도로 | 시간 1시간 30분 | 요금 14.5€

피카소 박물관은 한 시간이면 충분하며 점심 시간인 12시에서 14시까지는 휴관이다.

- **• 피카소 박물관**
  www.antibes-juanlespins.com
  관람 시간 : 10시~18시(월요일 휴관) | 요금 6€

앙티브-칸쉬르메르 : 거리 11km | 이용도로 N98 해변국도 | 시간 20분

매달 첫 번째 일요일이 무료인 르누아르의 집 레 콜레트엔 공원처럼 광활하고 잘 가꾸어진 정원이 있어 잠시 쉬어가기에 좋다.

- **• 르누아르 아틀리에**
  www.cagnes-tourisme.com
  관람 시간 : 10시~18시(화요일 휴관) | 요금 4€

칸쉬르메르-니스 : 거리 13km | 이용도로 N98 해변국도 | 시간 25분

니스에 도착하면 숙소를 잡고 많이 걸어야 하는 다음 날을 위해 푹 쉬자.

• Day 4 – 니스와 망통

니스-망통 : 거리 32km | 이용도로 N98 해변국도 | 시간 1시간

아침 일찍 서둘러 시미에에서 마티스의 아틀리에와 박물관을 봤다면, 근처에 있는 샤갈 박물관이나 니스 고고학 박물관 또는 시내에 있는 현대미술관Musée d'Art Moderne et d'Art Contemporain을 둘러보는 것도 좋다. 특히 현대미술관에선 다양한 체험 코스뿐 아니라 특색 있는 기획전시가 열려 볼거리가 많다. 일반적으로 금지되어 있는 사진 촬영이 현대미술관에서는 작품에 따라 일부 허용되기도 하지만 플래시 사용은 엄격하게 금지되어 있다. 장 콕토 박물관뿐만 아니라 그가

꾸민 시청의 결혼식 홀도 꼭 둘러보자.

- **• 마티스 박물관**
  www.musee-matisse-nice.org
  관람 시간 : 10시~18시(화요일 휴관) | 요금 5€
- **• 샤갈 박물관** www.musee-chagall.fr
  관람 시간 : 10시~18시(화요일 휴관)
  요금 7.50€
- **• 고고학 박물관**
  www.musee-archeologique-nice.org
  관람 시간 : 10시~18시(화요일 휴관) | 무료
- **• 현대미술관** www.mamac-nice.org
  관람 시간 : 10시~18시(월요일 휴관)
  가이드 투어 : 5€
- **• 장 콕토 박물관** www.tourisme-menton.fr
  관람 시간 : 10시~18시(화요일 휴관) | 요금 3€

| 그 외 |

알베르토 자코메티Alberto Giacometti의 「걷고 있는 사람」을 비롯해 호안 미로Joan Miro, 마르크 샤갈, 바실리 칸딘스키Wassily Kandinsky 등 방대한 양의 현대미술로 유명한 생폴 드 방스Saint-Paul de vence의 마그 재단 미술관Fondation Maeght이나 마티스가 스테인드글라스와 벽화로 꾸민 방스의 로자리오 예배당Chapelle du Rosaire, 또 르네상스 시대의 벽화들과 다양한 미술관들이 있는 칸쉬르메르의 샤토 그리말디도 방문해볼 만하다.

- **• 마그 재단 미술관**
  www.fondation-maeght.com
  관람 시간 : 10시~18시 | 요금 14€
- **• 방스 로자리오 예배당** www.vence.fr
  관람 시간 : 14시~17시 30분
  미사 : 일요일 10시
- **• 샤토 그리말디** www.cagnes-tourisme.com
  관람 시간 : 10시~18시(화요일 휴관) | 요금 3€

4장

오감만족
페스티벌

아비뇽 연극제 ｜ 칸 국제영화제

만델리외라나풀 미모사 축제

르 카네 추수감사절 축제

디뉴래뱅 라벤더 축제 ｜ 니스 카니발

망통 레몬 축제

페트라르카의 사랑의 독백
아비뇽 연극제

1327년, 아비뇽의 생클레르^{Saint-Clair} 성당 부활절 미사, 스물세 살의 젊은 시인 프란체스코 페트라르카^{Francesco Petrarca}는 하얀색 미사포를 쓴 한 여인의 얼굴을 마주한 순간 심장이 멎을 뻔했다. 천사처럼 광채에 휩싸여 신비롭기까지 한 그녀를 본 순간부터 그에겐 미사가 있는 일요일 아침이 천국이었으며, 미사 후 떠나는 그녀를 보는 오후가 지옥이었다. 그렇게 매주 일요일, 천국과 지옥을 오가며 3년간 사랑의 열병을 앓은 페트라르카는 결국 어느 일요일 오후 그녀에게 자신의 사랑을 고백하지만 그녀는 이미 결혼한 상태였다. 그녀의 이름은 라우라로, 그 유명한 사드 백작의 부인이었다.

가질 수 없어서였을까. 이 시인의 사랑은 숭배로 승격되어 날이 갈수록 위대해져만 갔다. 페트라르카는 그녀를 잊기 위해 7년간 아비뇽을 떠나보기도 하지만 그 기간 동안 오히려 그녀의 기억이 선명해지는 고통을 겪는다. 결국 사랑하는 것은, 혹은 사랑하지 않는 것은 신의 뜻이라 여기고 아비뇽으로 다시 돌아오는 것으로 7년간의 방랑은 허무하게 끝난다. 같은 하늘 아래 살고 있다는 단 하나의 위로로 하루하루를 살아가던 페트라르카에게 어느 날 더 이상 감당할 수 없는 시련이 닥친다. 20여 년간 자신의 모든 것을 지배한 라우라가 서른여덟 살의 이른 나이로 비명횡사한 것이다. 잔인한 현실을 받아들이지 못하고 괴로워하던 그는 그저 피를 토하듯 종이 위에 그녀를 써내려가는 것 이외엔 아무것도 할 수가 없었다. 그렇게 단테, 보카치오와 어깨를 나란히 하며 르네상스 문학의 지평을 열었고, 단테의 신곡과 더불어 14세기 최고 걸작으로 평가받는 시, 『칸초니에레Canzoniere』가 탄생한다. 그 중 「마돈나 라우라의 삶에 부치는 시」, 「마돈나 라우라의 죽음에 부치는 시」 이렇게 두 편의 시를 통해 라우라는 영원한 아름다움으로 살게 되었다.

7월의 아비뇽은 그야말로 찜통이다. 레퓌블리크 거리Rue de la République를 중심으로 흥청대는 사람들과 그들의 흥을 돋우는 거리의 악사들로 축제 분위기가 넘쳐난다. '이래도 안 쳐다볼래?'라고 말하는 듯 화려한 색감과 기발한 디자인으로 무장한 포스터들이 아비뇽 전체를 도배하여 사람의 혼을 쏙 빼놓는다.

1947년 연극배우 겸 무대 감독인 장 빌라르Jean Vilar가 시작한 아비뇽 연극제Festival d'Avignon에서는 한여름 20여 일간 전 세계에서 온 400여 편의 공연들이 무대에 올라 안 그래도 더운 한여름을 더 뜨겁게 달군다. 전통에 따라 개막작은 교황청 광장에서 펼쳐져 그 아름다움과 특별함을 더한다. 아비뇽 연극제의 연극들은 공신력 있는 기관들에게 인정받은 유명 극단의 ON 공연과 광장, 거리, 노천극장 등에서 자유로이 펼

처지는 OFF 공연으로 나뉜다.

이 기간 동안 아비뇽에서 길게 줄을 서 있는 사람들을 따라가면 십중팔구 티켓을 파는 곳이거나 아이스크림 가게 앞에 도착하게 된다. 10명의 직원 앞에 100명의 손님이 줄을 서 있는 아이스크림 가게에서 잠시 동전이라도 찾으려고 머뭇거리면 세계 각국에서 모인 연극배우, 스태프, 기획자 들이 너나 할 것 없이 말을 걸어온다. 자신의 연극을 홍보하기 위해 스포일러에 가깝게 줄거리를 말해주기도 하고, 연극의 한 장면을 길거리에서 시연하기도 하며, 티켓을 싸게 사는 쿠폰을 주기도, 아예 티켓을 주기도 한다! 그중엔 정치적인 메시지를 던지는 무거운 작품도, 자연 보호의 메시지를 담은 순수한 작품도 있지만 결국에 우리의 내면을 건드리는 것은 역시 페트라르카의 시처럼 사랑과 슬픔의 보편적 정서를 다룬 작품들이다. 더운 날씨 탓인지 아비뇽 연극제 기간엔 밤에 볼 수 있는 연극들도 꽤 많다. 별이 쏟아지는 야외무대에서 오늘도 수많은 페트라르카가 사랑의 독백을 읊조린다.

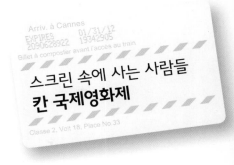

スク린 속에 사는 사람들
칸 국제영화제

제2차 세계대전이 끝난 후에도 전쟁의 상처는 곳곳에 남아 프랑스도 오래도록 전쟁 후유증을 앓았고, 도시를 재건하는 데 총력을 기울였다. 그런데 2011년에 칸 국제영화제[Festival de Cannes]가 64주년을 맞았으니 되짚어 보면 1946년, 전쟁 직후에 이 영화제가 시작되었다는 얘기다. 이쯤에서 궁금하지 않을 수 없다. 전쟁으로 폐허가 된 나라에서 어느 누가 영화를 찍었으며, 또 누가 그 영화들을 모아서 심사했으며, 먹고살기도 힘들었던 시기에 도대체 누가 영화제를 조직해 개최했는지. 그것도 이 작은 도시 칸에서. 물론 전쟁 이전에도 영화는 있었고 전쟁 중에도 기록영화나 선전용 영화 들은 제작했겠지만 전쟁도, 가난도 막을 수 없는 엄청난 열정이 아니고서야 이 영화제는 불가능했을 것이다.

그리고 또 한 가지, 5월과 6월이면 프로방스에선 빨갛게 익은 체리가 흔하다. 겨울에도 지천으로 올리브, 오렌지, 아몬드 나무가 널렸다. 지중해는 그 이름답게 호수처럼 잔잔하니, 맛있는 생선을 많이 잡을

수 있었을 것이다. 전쟁 통에 생
선까지 전부 다 사라지지는 않았
을 것이고, 전쟁 중에도 햇빛은
찬란했을 것이니 이곳 사람들은
전쟁 직후에도 생사를 오가는
굶주림에서 어느 정도 자유롭지
않았는가 싶다. 지천으로 흐드러
진 꽃들은 또 어쩌고!

사실, 칸 국제영화제는 1939년에 개최할 예정이었지만, 전쟁으로
인해 미뤄지다 1946년에야 시작될 수 있었다. 아마 전쟁 후에 몸도 마
음도 피폐해진 사람들은 스크린 속 비현실적인 아름다움을 보며 지금
의 우리보다 훨씬 더 열광했을 것이다. 이제는 전설이 된 1950년대의
흑백영화들을 보면 지금 봐도 멋진 작품들이 한둘이 아니다. 고전적
미인들은 흑백의 스크린 안에서도 빛나고 의상은 21세기인 오늘날에
보아도 세련되다. 지금의 우리보다 훨씬 여유롭고 풍족한 사고를 하며
품위 있는 위트를 즐겼단 생각이 들 정도다.

칸 국제영화제는 영화 팬을 위한 영화제라기보다 영화인을 위한 영
화제다. 보통 사람들은 영화제 기간에 칸을 찾아도 딱히 할 일이 없다.
운 좋게 도심을 가로지르는 스타들을 본다거나, 레드카펫을 밟으며 시
사회에 입장하는 스타들의 사진을 찍을 수 있는 게 다다. 그 외에는 해
변에 설치된 대형 스크린으로 상영하는 옛날 영화 정도만 볼 수 있을
뿐이다. 모든 영화 티켓은 초대권으로 배부되며 영화 관계자와 각국의
언론사, 공식기자들, 영화평론가들에게 보내지고, 일부는 칸 시민들

에게 보내지기에 일반 영화 팬은 초대권 구경하기조차 힘들어, 영화관 앞에는 늘 '초대권 삽니다'라는 피켓을 들고 있는 수많은 인파를 볼 수 있다.

칸이라는 도시는 어딜 가든 영화의 도시임을 분명히 해두고 있다. 영화의 시조인 뤼미에르 형제Auguste et Louis Lumière와 그들이 제작한 최초의 영화 중 가장 유명한 「라 시오타 역에 도착하는 기차」의 장면들이 칸 기차역을 장식하고 있고, 버스터미널은 영화사를 빛낸 영화 주인공들로 가득 차 있다. 공중전화는 긴 필름 형태로 제작되었고, 건물들은 한쪽 벽을 영화의 한 장면으로 채워져 있어, 작은 도시를 한 바퀴 돌면 메릴린 먼로Merilyn Monroe나 찰리 채플린Charile Chaplin, 제임스 딘James Dean 알랭 들롱Alain Delon 등 웬만한 영화배우들의 모습과 영화사의 명장면들을 다 만날 수 있다.

칸에서 영화의 흔적을 찾아보는 것도 좋지만 영화로 프로방스를 만나보는 것 또한 색다른 재미다. 프로방스가 배경인 영화를 보며 때론 코미디로, 때론 느와르로, 때론 로맨틱하게 프로방스를 즐겨보자.

1. 「마르셀의 여름」「마르셀의 추억」(1990) _ 이브 로베르Yves Robert 감독

화면을 가득 메우는 깨끗한 햇살과 시골 냄새가 물씬 풍기는 정겹고 소박한 영화다. 19세기 프랑스, 목가적인 시골 오바뉴Aubagne에 사는 한 가족의 이야기가 마르세유와 엑상프로방스까지 아우르며 펼쳐진다. 루베롱 산의 골짜기를 배경으로 한가롭게 하늘을 나는 독수리, 동굴 속에 숨어 사는 수리부엉이, 귓가에 따갑게 맴도는 매미 소리, 갑자기 쏟아지는 소나기와 하얀 암벽들이 아름다운 잔영을 남기는 영화다.

2. 「나는 결백하다」(1955) _ 알프레드 히치콕^{Alfred Hitchcock} 감독

캐리 그랜트^{Cary Grant}와 그레이스 켈리^{Grace Kelly}가 주연한 히치콕 감독의 범죄 스릴러물. 아름다운 호텔과 해변, 고급 빌라 등 프로방스의 상류사회를 보여줘 볼거리가 충분한 영화다. 특히 1982년 그레이스 켈리를 죽음에 이르게 했던 교통사고처럼 영화 속에서 그녀가 지중해변의 절벽을 위태롭게 질주하며 모나코로 향하는 장면이 있어 두고두고 회자되기도 했다.

3. 「어느 멋진 순간」(2006) _리들리 스콧^{Ridley Scott} 감독

프로방스에 실제로 와인 농장을 소유하고 있는 리들리 스콧 감독의 영화. 런던 증권가의 펀드매니저로 일하던 주인공이 프로방스의 와인농장을 물려받지만, 팔기로 결심하고 농장을 방문한다. 그러나 이곳에서 운명처럼 사랑하는 여인을 만나게 되는 행복한 내용의 영화로 본뉴^{Bonnieux}에서 촬영되어, 프로방스 전원의 향기를 가득 느낄 수 있다.

4. 「마농의 샘」(1986) _클로드 베리^{Claude Beri} 감독

마르셀 파뇰의 원작으로 프랑스를 대표하는 국민배우 이브 몽탕^{Yves Montand}, 제라르 드파르듀^{Gerard Depardieu}, 다니엘 오테유^{Daniel Auteuil}, 에마뉘엘 베아르^{Emmanuelle Beart}가 열연하는 영화다. 이기심과 복수를 그린 두 편으로 나뉘며, 비극적인 결말과는 대조적으로, 쏟아지는 햇빛 아래 펼쳐진 포도밭과 눈이 담뿍 쌓인 겨울의 프로방스까지, 프로방스의 광활한 아름다움을 느끼기에 충분하다.

5. 「프라이스리스」(2006) _피에르 살바도리^{Pierre Salvadori} 감독

한국에도 많은 팬을 가지고 있는 오드리 토투^{Audrey Tautou}가 꽃뱀 이렌으로 분해 호텔의 말단직원 장과 얽히고 설키면서 펼쳐지는 로맨틱 코미디다. 프랑스 리비에라의 고급스런 도시 문화와 칸과 니스의 명품 부티크, 또 모나코의 화려한 호텔 구석구석까지 구경할 수 있다.

6. 「택시」 _뤽 베송^{Luc Besson} 감독

「그랑 블루」 「니키타」 「레옹」 등을 만든 뤽 베송 감독의 히트작이자 대표작으로 카메라가 빠르게 움직이며 마르세유의 풍경을 역동적으로 담아낸다. 새로운 버전마다 택시의 드라이브 반경도 점점 과감해져 칸과 니스, 모나코의 구석구석을 매력적으로 파고든다.

7. 「프로방스에서의 1년」(1993) _데이비드 터커^{David Tucker} 감독

1989년, 전 세계적으로 프로방스 열풍을 일으킨 피터 메일^{Peter Mayle}의 자전적 동명 소설을 영화화한 작품이다. 프로방스의 농가로 이사를 온 영국인 가족의 1년을, 소박한 이웃들과의 에피소드를 통해 위트 있게 보여준다.

8. 「미스터 빈의 홀리데이」(2007) _스티브 벤더랙^{Steve Bendelack} 감독

교회의 추첨행사에서 칸 여행권을 얻은 미스터 빈이 여행 중 러시아 소년과 프랑스 여배우를 만나 함께 칸으로 향하는 여정을 담은 좌충우돌 코미디다. 런던에서 칸까지 프랑스의 소소하고 정겨운 시골 풍경이 펼쳐지며 칸 국제영화제의 이면을 엿볼 수 있는 가족영화다.

9. 「베티블루」(1986) _장자크 베넥스 Jean-Jacques Beineix 감독

베아트리체 달Beatrice Dalle의 순수한 눈동자와 저돌적이고 야성적이며 충동적인 영화 속 '베티'가 묘하게 어우러져 비극적 결말이 깊은 여운을 남기는 영화다. 마르세유를 배경으로 복잡하지만 실은 단조롭기 그지없는 대도시의 일상과 더불어 도시 근교의 평화로운 전원까지 보여준다. 철 지난 놀이공원을 배경으로 흐르는 색소폰 연주가 기억에 남는 영화이기도 하다.

10. 「로닌」(1998) _존 프랑켄하이머 John Frankenheimer 감독

로버트 드니로Robert De Niro와 장 르노Jean Reno가 열연한 첩보액션영화. 전직 CIA 요원, 카레이서, 무기 전문가, KGB 출신의 전자기기 전문가 등 여섯 명의 다국적 전문 청부업자가 의문의 서류가방을 탈취하라는 의뢰를 접수하고 프로방스를 누비며 쫓고 쫓기는 추격전을 펼친다. 거친 총격전과 차량 폭파 등으로 니스의 구시가를 초토화시키고, 아를의 원형경기장 안에서 숨 가쁜 추격전을 펼친다. 또 아름다운 빌프랑슈 항구의 커피숍에서 긴장된 접선을 시도하기도 하고, 전형적인 프로방스 농가를 은신처 삼아 활동하는 등 프로방스의 여러 도시를 숨 막히게 파고든다.

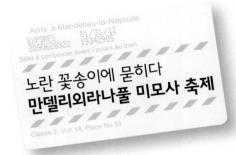

노란 꽃송이에 묻히다
만델리외라나풀 미모사 축제

시들어 떨어지기 직전, 꽃은 발악하듯 향을 뿜는다. 그 향이 극에 달하
는 2월, 코끝이 찡하도록 맑은 겨울바람에 중독성 강한 향이 저돌적
으로 실려온다. 이 향을 호흡하면 누구라도 한껏 들뜬다. 하늘에서 흩
뿌려지는 노란 꽃송이를 향해 팔을 뻗는 사람들, 땅에 떨어진 잔가지
들을 광주리에 수북이 주워 담는 아이들, 바야흐로 꽃에 취해 환각
상태에 빠진 사람들이 꽃에 열광하는 만델리외라나풀 미모사 축제
Mandelieu-la-Napoule Fête du Mimosa가 시작된다.

　미모사는 노란 꽃송이와 진한 향기로 유명한 프로방스의 대표적인
겨울나무 중 하나다. 성장한 벚나무보다 더 크고, 2월 중순에 꽃송이
가 만개하면 3월까지도 피어 있기 때문에 프로방스 어디서나 볼 수 있
다. 마디그라Mardi-Gras, 사육제의 마지막 날 열리는 축제 기간에 열리는 이 축제는 미스 미
모사를 뽑는 대회로 시작해, 주·야간 퍼레이드와 현대무용 공연, 마
술쇼, 마임과 각종 퍼포먼스 등으로 2주 동안 계속된다. 미스 미모사

대회를 제외한 다른 볼거리들은 축제 기간 동안 두세 번씩 반복해 공
연되기 때문에 언제 방문을 해도 즐겁고 흥겹다.

　퍼레이드는 프로방스 전통 의상을 입은 할머니 할아버지 들이 미
모사 나뭇가지를 사람들에게 나눠주는 것으로 시작된다. 모든 관객들
이 미모사를 손에 쥐고 흔들기 시작하면 퍼레이드가 본격적으로 펼쳐
진다. 동화, 또는 신화 속의 인물들이 미모사 꽃으로 뒤덮인 차를 타고
해변도로를 행진하는데, 이때 엄청난 양의 미모사를 사람들에게 뿌
려준다. 까만 머리에 빗자루를 든 마녀, 바다의 신 포세이돈, 불의 요
정들과 팅커벨, 불 대신 꽃을 뿜어대는 용 등 친숙한 캐릭터들을 만날
수 있다. 또한 전통의상을 맞춰 입은 다국적 밴드들이 퍼레이드에 참
가해 귀를 즐겁게 해준다. 관중은 꽃가지를 흔들어 그들을 맞이하랴,
사진 찍으랴 두 손이 바빠진다. 축제의 시작과 동시에 미스 미모사가
미모사 꽃으로 장식된 마차를 타고 행진하는데, 미스 미모사의 등장

과 동시에 여러 대의 방송용 카메라와 기자들이 몰려들어 그 인기를 실감케 한다.

페스티벌에서 나눠주었던 미모사 꽃가지를 굳이 집에 들고 오지 않더라도, 그 잔향이 온몸에 배어 있어 코끝에서 며칠이나 지속된다. 몽환적 여운일지 두통을 동반한 뒤끝일지는 사람마다 다를 테지만 입었던 옷이나 심지어는 손등에서까지 며칠 동안이나 미모사 향이 배어나와 후각이 예민한 사람은 오랫동안 고생하기도 한다. 사람보다 후각이 발달한 강아지들이 페스티벌 내내 목줄에 끌려 다니면서 휘청휘청거리고 해롱해롱했던 이유를 그제야 알게 된다. 꽃 중에도 향이 강하기로 유명한 미모사, 그 축제에 올 때는 꼭 사람만 오길 바란다. 축제를 즐긴 후 미모사 향을 뒤집어쓴 채 집에 돌아가면 강아지들도 자기를 안 데려간 것을 분명 감사히 생각할 테니까.

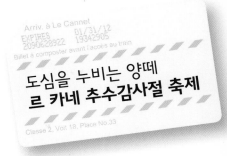

도심을 누비는 양떼
르 카네 추수감사절 축제

칸과 접하고 지금은 르 카네^{Le Cannet}에 속해 있는 로슈빌^{Rocheville}이란 조그만 마을에 수백 마리의 양들이 떼를 지어 행진한다. 르 카네 추수감사절 축제^{Le Cannet Rocheville à la compagne}는 양들의 행진으로 그 시작을 알리는데, 미용실 앞, 식료품 가게 입구, 우체국 주차장, 은행 정문, 성당 앞 할 것 없이 모두 보송보송한 양떼로 가득 찬다. 제일 앞에 선 양치기 소년은 긴 작대기만 하나 들고 있을 뿐 산책하듯 걷기만 하고 양치기 개들만이 바짝 긴장해 바쁜 움직임을 보인다. 행여 낙오되는 양이라도 있을까, 초행길인데 양들이 당황하지는 않나 시종일관 신경을 곤두세우며 숙련된 몸짓으로 양들을 한 방향으로 몬다.

우르르 지나가는 양떼를 자세히 보면 뿔의 모양이 제각각 다르고 털의 꼬임도 조금씩 다르며 검은색이나 갈색을 띤 양들도 있어 한 마리 한 마리 자세히 구경하는 재미가 있다. 이 행진을 더욱 재미있게 만드는 것은 양떼의 뒤꽁무니를 따라다니는 청소부 아저씨들이다. 몇 백 마리의 양들이 무한폭격으로 쏟아내는 배설물을 쑥쑥 빨아들이는 큰 청소차가 일단 지나간다. 그러곤 구석구석으로 굴러 들어가거나 밟혀서 땅에 납작하게 붙어버린 배설물을 쉴 새 없이 쓸어 담는 대여섯 명의 청소부 아저씨들이 부지런히 그 뒤를 따른다. 가끔 골목을 돌다가 본의 아니게 양떼를 맞닥뜨린 사람들이 당황하기도 하고, 양떼에 갇힌 사람들이 곤혹스러워하는 의외의 풍경도 펼쳐진다. 이렇게 이색적인 장면을 연출하며 도심 구석구석을 누빈 후에야 양떼는 지푸라기로 뒤덮인 광장으로 돌아온다. 그러면 그제야 빵 굽는 구수한 냄새와 향긋한 과일 향, 짭조름한 올리브 절임 냄새, 동물들의 꼬리꼬리한 냄새가 뒤섞인 추수감사절 축제가 시작된다.

'시골 속의 로슈빌'이란 축제의 부제에 걸맞게 광장에서는 햇밤이 장작 속에서 고소한 군밤이 되어 나오고, 방금 수확한 올리브가 여러 가지 양념을 뒤집어쓰고 입맛을 당긴다. 오래 숙성시키지 않아 가벼운 맛의 치즈와 쌉싸래한 맛이 일품인 프로방스의 명물 밤꽃 꿀도 진열대에 오른다. 또 축제에 빠지지 않는 솜사탕 기계는 쉴 틈 없이 돌아가고, 니스의 명물 소카가 화덕에서 노릇하게 구워져 나와 사람들을 불러 모은다.

11월 초, 이렇게 풍성한 축제의 주인공은 이 먹을거리를 만들어낸 동물들이다. 우유, 치즈, 버터, 고기 등의 음식부터 과일과 채소를 경작할 수 있도록 땅을 일구고 물을 대고 거름을 준 동물들, 착하게 생긴 당나귀와 잘 길들여진 말, 예쁜 종을 달고 있는 젖소, 다양한 품종의 양, 멋진 뿔을 뽐내는 염소, 밤색·검은색·흰색·회색 등 다양한 털의 토끼, 노란 주둥이가 귀여운 오리, 여러 종류의 닭 등이 광장을 가

득 메우고 있다. 아이들은 지푸라기를 주워 동물들에게 먹이고, 나무로 짠 우리 안으로 손을 뻗어 쓰다듬고, 아예 우리 안으로 들어가 껴안는 등 야단법석이다. 어른들은 그런 아이들 사진을 찍기 바쁜데 동물들도 이미 사람 손에 길들여져서 오히려 더 만져달라고 얼굴을 들이민다. 이 축제가 자신들의 노고를 치하하는 축제라는 걸 아는 듯, 흐뭇한 미소까지 짓는 것 같다. 광장에서는 양털 깎는 시범을 보여주기도 하고, 장인들은 막 깎은 양털로 물레를 돌리며 실 뽑는 과정을 보여주기도 한다. 또 그 실을 여러 가지 천연 염료로 물들이는 모습과 그 실로 직접 옷을 짓는 모습까지, 양털 공정의 전 과정을 이 광장에서 볼 수 있다.

광장 한편에선 목수가 커다란 올리브 나무를 깎고 다듬으며 바구니, 도마 등 다양한 생활용품들을 뚝딱 만들어내고, 또 한편에선 프로방스 전통 칼을 만드는 장인이 여러 동물의 뿔을 사용해 아름답고 멋진 칼을 만들어내고 있다. 또 광장의 뒤편에선 말과 함께 밭을 가는 모습을 재연하는 농부가 있어, 도심 한가운데에서 풍성한 추수 풍경을 펼쳐 보인다.

여러 과일과 버섯은 진한 향기를 풍기며 군침을 돌게 하고, 길거리를 돌아다니며 시식하다 보면 프로방스의 대자연이, 정겨운 농촌 풍경이 입안에서도 가득 펼쳐진다.

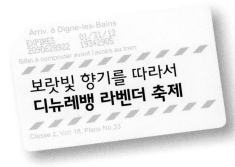

보랏빛 향기를 따라서
디뉴레뱅 라벤더 축제

프로방스 여행은 여유로워야 제대로 보인다. 눈도장을 찍느라 끝없이 걸어야 하는 발과, 몸보다 큰 배낭을 짊어져 생고생인 어깨, 7개국 10일 정복 같은 무식한 여행, 소화해야 될 유명 관광지, 박물관 등 빡빡한 스케줄로 여행인지 극기훈련인지 헷갈리는 강행군은 이곳엔 없다.

디뉴레뱅 라벤더 축제Digne-les-Bains Le corso de la lavande에 가는 오늘도 아침에 눈을 뜨면서부터 게으름을 피워본다. 커튼 사이로 살랑살랑 쏟아지는 햇빛을 보니 10시 정도 되었을까. 한참을 침대에서 뒤척이며 느긋하고 여유롭게 사치를 부려본다. 작은 정원, 나뭇결이 살아 있는 식탁 위에 빨갛고 파란 매미가 수놓인 새하얀 냅킨을 펼치고 갓 구워낸 팽 오 쇼콜라와 진한 카페오레, 그리고 막 짠 신선한 오렌지주스 한 잔으로 늦은 하루를 시작한다.

흔히 생각하는 축제는 이 사람 저 사람 어깨에 부딪히고, 수많은 사람들의 발에 밟히는 등 부산스럽고, 내 배낭을 누가 노릴까, 소매치기를 당하진 않을까 불안하기만 하다. 또 퍼레이드나 볼거리라도 있으면 앞자리 다툼으로 일찌감치 나가서 밀고 밀치며 몇 시간 먼저 기다리느라 진이 다 빠진다. 아비규환이 따로 없다. 그러나 디뉴레뱅에서 열리는 라벤더 축제는 그야말로 한해 농사인 라벤더가 성공적으로 수확되었음을 주민들이 자축하는 정겨운 마을 축제다. 때문에 느긋하게 아침을 먹고 슬슬 마을을 한 바퀴 돌아보며 라벤더를 구경하고, 그러다가 늦은 오후에 퍼레이드가 시작되면 마을 아무데나 멈춰 서서 구경하면 되는, 속 썩이지 않는 착한 축제다.

빅토르 위고Victor Hugo의 『레미제라블』의 첫 장면은 장발장이 디뉴에서 미리엘 주교를 만나면서 시작된다. 이 소설 덕분에 아마도 많은 사람들에게 디뉴가 낯설지만은 않을 것이다. 이 물 맑고 공기 좋은 알프스 마을 디뉴의 원래 이름은 디뉴레뱅인데, 목욕탕을 뜻하는 레뱅Les Bains이라는 지명이 붙은 곳은 온천지로 유명했던 곳이라고 생각하면 맞다. 미네랄워터로 유명한 에비앙의 원래 이름도 에비앙 레뱅Evian les Bains으로 이곳 역시 예전엔 유명한 온천 지대였다. 디뉴레뱅도 로마 시대 때부터 7개의 온천으로 유명해서 병의 치료를 위한 요양지로 이름을 떨쳤으며, 근대에 들어서야 라벤더 무역의 중심지로 거듭났다. 베르동 협곡과 가까우며 알프스 끝자락에 위치한 디뉴는 동서남북 어느 쪽에서 접근해도 작은 농촌 마을들의 평화로움을 느낄 수 있다. 제철 과일과 채소에 후한 인심을 얹어 파는 도로변 가게들이 곳곳에 보이고 사철 다른 표정의 알프스와 협곡은 어떤 각도로 잡아도 한 폭의 그림이 된다.

라벤더 밭은 봄과 여름에 디뉴를 중심으로 사방에서 볼 수 있는데,

1년 내내 디뉴를 중심으로 향기가 진동한다. 이 향기로운 식물을 수확하고 축하하는 축제가 8월의 첫 번째 주말을 중심으로 5일 밤낮으로 계속되는데 축제의 하이라이트는 3,40여 개의 팀이 참가하는 거리 행진이다. 8월 첫째 주 일요일에 선보이는 거리 행진은 미스 라벤더의 행진을 시작으로 매년 다양한 주제로 진행되며, 프랑스의 다른 도시에서도 참가하여 음악과 춤을 곁들인 퍼포먼스를 펼친다. 또 프로방스 스타일의 천에 싸서 복주머니 형태로 만든 라벤더를 관객들에게 던져주거나 라벤더 가지를 나눠주면서 수확의 기쁨을 함께 나눈다. 축제 기간엔 상설 놀이공원에서 즐거운 비명이 끊이지 않고, 다채로운 공연이 열린다. 라벤더 꽃물과 오일과 비누 등의 라벤더 제품을 파는 장이 서고, 미스 라벤더를 뽑는 미인대회로 열기가 달아오르며, 밤에

는 야외 콘서트와 불꽃놀이가 어우러진다. 이 축제의 가장 큰 장점은 도시를 라벤더로 장식할 뿐 아니라 라벤더에서 추출한 꽃물을 도시 전체에 뿌려대기 때문에 한여름 35도를 육박하는 땡볕에서 땀에 흠뻑 젖은 지인과도 향기롭게 어깨동무할 수 있다는 점이다! 축제에 다녀오면 온몸에 그 향기가 남아 며칠간 라벤더의 잔향을 느낄 수 있을 정도로, 추억도 사진도 향기롭게 간직할 수 있다.

디뉴에서 라벤더 축제를 즐기는 것만큼이나 즐거운 것 중 하나는, 니스-디뉴 구간을 운행하는 피뉴 기차Le Train des Pignes를 타고 디뉴로 가는 여정을 즐기는 것이다. 이 열차는 1891년부터 1911년까지 프랑스령 알프스에 건설된 프로방스 철길Chemin de fer de Provence을 따라 움직이는데, 주로 한 량만 운행하지만 손님이 많은 경우 두 량까지도 운행한다. 디뉴에 가까워오면 지천으로 진보랏빛의 라벤더 밭과 진노랑의 해바라기 밭이 강렬한 색채의 대비를 이루는 장관이 펼쳐진다. 3시간 동안 16개의 육교, 15개의 다리, 25개의 터널을 정겨운 덜컹거림과 함께 지나면서 프로방스에서 가장 아름다운 알프스를 구경할 수 있다!

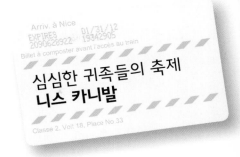

Arriv. à Nice
EXPIRES 01/31/12
2090628922 19342905
Billet à composter avant l'accès au train

Classe 2, Voit 18, Place No 33

심심한 귀족들의 축제
니스 카니발

매년 2월 말, 바빌론의 고대 로마인들은 귀족은 노예로 또 노예는 귀족으로 분장해 축제를 즐겼는데, 그것이 지금 브라질의 삼바 축제와 니스 카니발Carnaval de Nice 등을 만들어낸 마디그라의 시초다. 신분제도가 극도로 엄격했던 당시에 그런 축제가 있었다는 것이 매우 파격적이라는 생각이 들지만 한편으로는 과연 노예들이 축제를 즐길 수 있었을까 하는 의문을 지울 수 없다. 1년에 한 번 입어보는 고운 비단 옷과 화려한 장신구를 걸치고도 고역이라고 생각하진 않았을까? '야자타임'을 하면서도 눈치를 보게 되는 게 사람인데, 하물며 당시의 노예들이 얼마나 축제 기분에 젖어들 수 있었는지는 의문이다. 반대로 귀족 입장에선 일상처럼 반복되는 파티도 시시해지고, 고급 취미인 사냥도 질려 결국은 이런 역할놀이까지 생각해낸 것이 아닐까 하는 생각이 든다. 노예 차림이라고는 하나 장미 꽃물을 섞은 목욕물에 몸을 씻고 라벤더 꽃물을 뿌려 곱게 다린 넝마를 걸치고는 적나라하고 몰상

식한 행동을 하면서 좋아했을 귀족들을 생각하니 소름이 끼치기도 한다. 축제가 끝나면 언제 그랬냐는 듯 다시 체면을 주워 입고 자신의 신분과 지위에 어긋나지 않는 고상한 얼굴로 돌아왔을 거라고 생각하니 말이다.

마디그라는 의문과 추측만이 무성한 초기를 거쳐 점점 그 규모가 커지면서 아이들과 어른들이 서로 복장을 바꿔 입거나, 여자와 남자가 서로의 분장을 하고 즐기는 것으로 발전해 신분제 없는 방종의 축제로 거듭났다. 그러다 가톨릭이 들어오면서 카니발이라는 명칭을 얻게 되고, 육식을 금하는 사순절에 앞서 즐기는 축제로 변했다. 부활절까지의 40일 동안 금식과 금욕하는 사순절에 앞서 집에 남아 있는 계란과 기름 등을 사용하기 위해 크레이프와 튀긴 음식을 해 먹던 전통도 지금까지 내려오고 있다.

니스는 기원전 4세기 중엽, 마실리아^{지금의 마르세유} 페니키아인의 식민지로 '니케아'라고 불렸다. 970년 프로방스 백작령이 된 후부터 서서히

발전했지만 계속 이탈리아 땅이었다가 1860년 비로소 프랑스령이 되었다. 주인이 바뀌는 역사 속에서도 니스의 카니발은 13세기에 정착된 이래 점점 발전해 아직도 그 전통에 따라 매년 2월 열리고 있다.

니스의 카니발은 매년 테마에 따라 '왕'이라 불리는 10

미터 크기의 거대 인형을 만들어 전시하고 행진하는 것이 주를 이루는데, 하이라이트인 '왕의 행진'에는 1,000명이 넘는 악대와 댄서 들이 왕을 호위하며 행진해 장관을 이룬다. 2010년에는 '파란 지구'라는 테마로 여러 동화와 신화 속 주인공들이 만들어졌고 지구를 살리자는 메시지를 담은 북극곰과 펭귄 등도 등장해 사람들의 눈길을 끌었다. 또 2011년에는 지중해를 주제로 지중해 속 여러 생물들이 왕으로 등장했다. 카니발이 밤낮으로 계속되는 2주 동안 왕의 퍼레이드, 야간 퍼레이드, 꽃의 전쟁이라 불리는 꽃마차 퍼레이드 등 다양한 볼거리들이 펼쳐진다.

행진은 해변을 따라 시내 중심까지 이어지는데 시에서 마련한 지정 좌석을 사서 관람할 수도 있다. 축제의 마지막 날 밤엔 왕을 태운 배

를 바다 한가운데서 불태우는 의식을 치르고, 해변의 불꽃놀이로 카니발의 막을 내린다.

니스 카니발은 거대 인형들을 주축으로 하는 축제라서 특히 아이들이 좋아한다. 어떤 아이들은 축제에 심취한 나머지 행진하는 인형들에게 말을 걸거나, 음악에 맞춰서 막춤을 추거나, 알 수 없는 자기만의 언어로 괴성을 지르거나, 꽃종이나 눈 스프레이를 뿌려대면서 각자의 방식으로 '매우 신나 있음'을 표현한다. 때문에 가끔은 행진하는 인형들보다 축제에 100퍼센트 몰입한 어린아이들이 더 많은 플래시 세례를 받기도 하고, 카니발을 취재한 신문 기사에는 종종 온몸으로 축제를 즐기는 어린아이의 사진이 실리기도 한다.

카니발이 계속되는 2주 동안엔 세계 각국 뮤지션들의 길거리 공연이나 서커스를 방불케 하는 퍼포먼스도 볼 수 있어 축제의 현장에 서 있는 것만으로도 충분히 즐겁다. 또 노천시장에선 각종 가면과 파티 복장도 팔아 단순히 구경만 하는 축제가 아닌 참여하는 축제를 유도한다. 때문에 길거리에서는 온갖 공주들과 왕자들, 슈퍼 히어로들과 만화 속 캐릭터들을 모두 만날 수 있다.

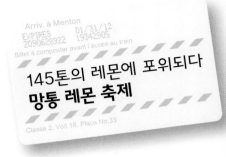

145톤의 레몬에 포위되다
망통 레몬 축제

프랑스에서는, 특히 프로방스에서는 큰 빌딩을 보기 힘들다. 세계에서
제일 높은 빌딩의 기록이 하루가 멀다 하고 깨지는 요즘에도, 이곳 사
람들 대부분이 지은 지 100년이 넘는 건물 안에서 생활한다. 사람들
의 옷차림만 바뀌었을 뿐, 도심은 100년 전과 크게 다르지 않다. 그런
데 매년 2월, 망통에는 큰 빌딩들이 들어선다. 에펠탑과 엠파이어스테
이트 빌딩도, 자유의 여신상과 콜로세움도 한꺼번에 볼 수 있다. 다만
레몬과 오렌지로 만든 아주 신맛 나는 빌딩이다!

　이 작은 도시에선 한 해의 시작이 145톤의 레몬과 오렌지의 공습으
로 시작된다. 돈을 내면서까지 이 무차별 공습에 참가하는 25만 명이
망통 해안가에서 피난길에 오른다. 피난길은 험난하다. 사진을 찍느라,
레몬 잼을 사느라, 레몬 와인을 마시느라, 레몬 비누와 레몬 시럽을 사
느라 짐은 자꾸 무거워져만 가고, 오렌지 마멀레이드를 바른 크레이프
로 끼니를 때우느라, 간식 삼아 먹을 금귤을 고르느라 지쳐 쓰러질 지

경이다.

1943년에 시작되었으며 프랑스 3대 축제 중 하나로 꼽히는 망통 레몬 축제Menton Fête du Citron는 매년 다른 테마를 정해 그 테마의 주인공들을 레몬과 오렌지로 만들어 퍼레이드를 펼치는 축제다. 2010년, 77번째 축제의 테마는 '영화'로 오렌지와 레몬으로 만든 메릴린 먼로, 「스타워즈」의 제다이, 찰리 채플린, 그리고 스펀지 밥과 킹콩까지 다양한 영화 속 캐릭터들이 선보였다. 또한 비오브Bioves 공원엔 레몬과 오렌지 조형물을 만들어 전시해 놓았는데, 「쥐라기 공원」의 거대 공룡부터 「벤허」의 한 장면, 「달나라 여행」까지 다양한 장르의 영화 장면들을 볼 수 있었다. 2011년엔 '다양한 문명'을 테마로 78번째 레몬 축제가 개최되었다. 축제의 하이라이트인 거대 캐릭터들의 카 퍼레이드는 약 한 시간 반 정도 계속된다.

이탈리아 국경과 접해 있어 이탈리아 관광객들이 많으며, 프로방스 투어의 한 코스로 버스를 타고 오는 단체관광객도 많다. 길거리에서는 레몬과 오렌지, 귤, 금귤 등을 팔고, 오렌지 잼이나 레몬 시럽, 레몬 향 비누와 방향제, 레몬 식초 등 레몬과 오렌지에 관해 상상할 수 있는 거의 모든 것을 살 수 있다. 오렌지 향 코냑인 그랑마니에Grand Marnier 측에서 후원하는 크레페리Crêperie

도 인기인데, 크레이프에 그랑마니에를 뿌려 먹으면 달콤한 오렌지-초콜릿 맛과 알코올의 깔끔한 뒷맛이 절묘하게 어울려 은근히 중독성이 있다. 또 군밤이나 추러스, 솜사탕 등 길거리 군것질거리도 만만찮아 축제 기분에 들뜬다.

퍼레이드가 끝나고 나니, 망통 시내를 빠져나오는 길이 꽉 막혔다. 길바닥은 온통 꽃종이로 뒤덮여 있고, 사람들의 손은 레몬과 오렌지로 가득 찼다. "축제는 먹고 마시고 떠들어 대고 온몸을 흔들고, 벗어던지는 행위를 통해 일상의 틀을 깨는 것이다"라고 신학자 하벡스 콕스Harvex G. Cox는 말했다. 나는 오늘 충분히 먹고, 마시고, 떠들어대고, 온몸을 흔들고, 벗어던졌는가? 축제를 즐기는 바람직한 모습에 대해 한번 반성해본다. 집으로 가는 길 내내 레몬 향기가 동승한다.

에어컨의 실종

처음 프로방스에서 제일 적응하기 힘들었던 것이 에어컨이 별로 없다는 것이었다. 여름이 이렇게도 길고 따가운 곳에서 에어컨 없는 차가 반 이상이다. 대낮에 땡볕에 세워뒀던 차를 타야 하는 날엔 유황불 체험이 따로 없다. 건물도 그렇다. 공공기관이나 큰 가게에 들어가도 에어컨 있는 곳이 거의 없다. 더위를 많이 타는 사람이 아니더라도 미치고 팔짝 뛸 노릇이 아닐 수 없다.

이곳에서 대학을 다니던 시절, 한여름에 공중전화를 사용해야 하는 날엔 곤욕을 치르곤 했다. 햇빛이 여과 없이 쏟아져 들어오는 전화박스는 찜질방을 능가하고, 하루 종일 달궈진 철제 버튼은 누르다가 손이 데일 정도니 말 다 했다. 이럴 땐 뱀파이어가 햇빛을 받아 한 줌 재로 변하는 장면이 가끔 눈앞에 그려지기도 했다. 프로방스 어딘가에 엄청나게 큰 돋보기가 있어서 누가 햇볕 아래 나를 비추고 있는 건 아닐까 하는 우스운 생각마저 든다.

그렇게 돋보기에 대한 의심과 지옥 유황불 체험, 뱀파이어의 환상을 보며 딱 두 번의 여름을 보내고 나니 인간의 적응력에 또 놀란다. 이제는 이곳의 여름이 더운 줄 잘 모르겠다. 사실 프로방스의 여름은 건조하고 따가워 햇볕이 바삭거린다는 느낌이 들 정도다. 실제로 햇빛이 닿은 모든 것은 바스락해진다. 그러나 나무 그늘 같은 곳에서 직사광선만 피하면 그 건조함 때문에 매우 상쾌하며 선선한 기분까지도 느낄 수 있다. 대부분의 집이나 건물 들은 대리석 바닥으로 되어 있어, 건물 안에만 들어가면 덥지 않은 정도가 아니라 시원하다. 특히나 차양을 친 테라스에 앉아 있으면 시원한 바람도 불어와, 사람들은 여름을 온전히 테라스에서만 보낸다. 테라스의 크기가 집과 같은 곳도, 심지어 집보다 테라스의 크기가 더 큰 곳도 있는데, 이는 프로방스에서만 볼 수 있는 풍경이 아닐까 싶다. 미국에서는 집에 벽난로가 몇 개 있느냐에 따라 가격이

달라진다는 말을 들은 적이 있는데 프로방스에서 좋은 집이란 테라스가 넓고, 큰 창이 많아 통풍이 시원하게 잘되는 곳이다.

프로방스 초보자였을 땐, 밖에만 나오면 에어컨이 있는 레스토랑이나 상점을 찾느라 늘 혈안이었다. 그런데 이젠 누가 덥다고 하면 딱 한마디 한다.

"벗어!"

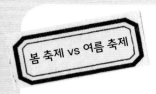

봄 축제

마디그라 시즌인 2~3월엔 어딜 가나 축제다. 주말에만 열리는 작은 마을의 소규모 축제들은 프로방스 색이 뚜렷하며, 다양하고 알찬 볼거리를 제공해서 2~3주 동안 계속되는 대규모 축제들과는 또 다른 매력을 선사한다. 이런 소규모 축제들은 모두 무료이므로 이 기간에 프로방스를 방문한다면 가까운 마을 축제를 찾아가 보자. 니스 카니발이나 망통 레몬 축제는, 입장료와 별개로 관람 좌석의 등급, 주·야간, 평일·주말, 쇼·전시물 등의 조건에 따라 관람료가 다르기 때문에 입장료와 쇼 관람이 묶인 프리패스를 선택하는 것이 경제적이다.

- 미모사 축제 www.mandelieu.com
  축제 기간 : 2~3월 열흘간 | 요금 : 무료
- 니스 카니발 www.nicecarnaval.com
  축제 기간 : 2~3월 3주간
  요금 : 입장료+관람료 9~50€
- 망통 레몬 축제 www.feteducitron.com
  축제 기간 : 2~3월 3주간
  요금 : 입장료+관람료 6.50~35€

여름 축제

7~8월엔 각양각색의 축제로 즐길거리가 넘쳐나며 특히 시원한 여름밤. 해변에서 펼쳐지는 야외 공연이 많아 밤에 더 바빠진다. 아비뇽 연극제의 경우 유명 공연을 예약해 관람할 수도 있지만 길거리에서 특색 있는 OFF 공연이 수시로 열리기 때문에 굳이 돈을 쓰지 않아도 축제를 만끽할 수 있다.
라벤더 축제의 하이라이트는 라벤더 퍼레이드로 매년 8월 첫 번째 주말에 열린다. 추수감사절 축제는 그해의 작황과 날씨에 따라 변동이 있을 수 있으므로 방문 전에 해당 도시 사이트에서 확인해야 한다.

- 아비뇽 연극제 www.festival-avignon.com
  축제 기간 : 7월 3주간
- 르 카네 추수감사절 축제 www.lecannet.fr
  축제 기간 : 11월 첫 번째 주말
- 디뉴레뱅 라벤더 축제
  www.cdf-dignelesbains.fr
  축제 기간 : 7월 말~8월 초 5일간

| 주의할 점 |

칸에선 5월에 국제영화제가, 6월엔 국제광
고제가 열린다. 두 행사가 모두 세계적인 축
제지만 영화계와 광고계의 축제일 뿐 일반
인의 참여가 거의 불가능하기 때문에 이 기
간에 칸을 찾으면 살인적인 숙박비는 고사
하고 인근 도시에서도 빈 방을 찾지 못해
고생할 수 있다. 이 축제들은 편안히 텔레비
전으로 즐기자.

• 칸 국제영화제 www.festival-cannes.fr
  영화제 기간 : 5월 2주간
• 칸 국제광고제 www.canneslions.com
  광고제 기간 : 6월 1주간

| 그 외의 축제들 |

프로방스에는 이곳에 소개한 축제뿐 아니
라 다양한 축제들이 열리고 있어 미리 알아
두고 가면 좋다. 칸에서는 봄의 영화제뿐 아
니라 여름이면 불꽃축제가 열리는데 총 10
회에 걸쳐 각각 다른 주제를 선보인다. 또한
7월이면 쥐앙레팽에서 재즈 축제가 열리고,
7월 마지막 주 일요일에는 엑상프로방스에
서 와인 축제도 열린다. 이런 축제들은 매년
날짜가 바뀌므로 홈페이지에서 미리 확인해
두는 것이 좋다.

• 엑상프로방스 와인 축제
  www.aixenprovencetourism.com
  축제 기간 : 7월 마지막 일요일
• 칸 불꽃 축제 www.festival-pyrotechnique-
  cannes.com
  축제 기간 : 7~8월 약 10회
• 쥐앙레팽 재즈축제 www.jazzajuan.fr
  축제 기간 : 7월 열흘간

5장

취향따라 즐기는
프로방스 취미 생활

고르주 뒤 베르동 | 에스트렐 | 무쟁

발베르 | 그라스 | 모나코

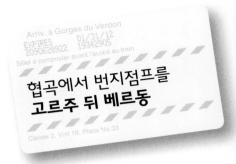

협곡에서 번지점프를
고르주 뒤 베르동

꺄아아악! 창백한 얼굴, 짙은 회색 눈동자를 가진 소년이 다리에서 뛰어내린다. 182미터 아래 계곡으로 곤두박질치는 소년, 단발 비명 소리는 곧 굽이친 협곡을 따라 옅은 메아리로 돌아오고, 휑한 바람만 지나가는 계곡을 내려다보는 사람들은 맥없이 사색이 된다. 소년이 안전한 것을 보고서야 터져 나오는 감탄과 박수. 팽팽한 긴장감이 로프의 탄성처럼 재빠르게 솟구쳐 오른다.

고르주 뒤 베르동Gorges du Verdon 협곡의 상징적 건축물이자 중심이 되는 라르튀비 다리Pont de l'artuby는 협곡에서 가장 스펙터클한 자연경관을 배경으로 아찔한 장면이 끊임없이 연출된다. 숄리에르 다리Pont de Chauliere 로도 불리는 이 다리는 에펠탑을 건축한 귀스타브 에펠Gustave Effel의 아치형 설계를 도입해 1938년부터 1947까지 약 10년간의 대공사 끝에 탄생했는데, 길이 142미터, 높이 182미터로 협곡 사이에 아찔하게 걸쳐 있다. 유럽에서 가장 높은 곳에서 번지점프를 즐길 수 있는 다리라서 수많은 사람들이 스릴을 즐기기 위해 이곳으로 모여들어 매순간 짜 릿함을 선사한다.

'베르동 그랜드캐니언'으로 불리는 이 협곡은 유럽에서 가장 깊고 아름다운 협곡이다. '초록빛 터키석'이란 이름에서 유래된 베르동 강을 중심으로 깊이가 250미터에서 750미터, 넓이가 최소 8미터에서 최대 90미터까지 다양한 석회암 협곡들이 약 25킬로미터에 걸쳐 펼쳐져 있다. 때문에 그 중심부인 라르튀비 다리까지 차를 몰고 가는 일은 생각만큼 만만치 않다. 어지럽기까지 한 협곡이 적나라하게 내려다보이고, 굽이굽이 굽은 외길은 시속 20킬로미터로 달리기만 해도 F1의 스피드와 스릴이 느껴질 정도다. 그러나 곡예하듯 차가 커브를 돌 때마다 순간의 두려움 때문에 확 커진 동공에 멋진 풍광이 꽉 박혀 들어와, 감탄에 감탄을 거듭하면서 마력에 이끌리듯 협곡을 파고들게 된다. 그러다가 한없이 깊고 좁다랗기 그지없는 협곡을 휘돌러 나오는 거친 바람이라도 만나면 휘청하며 차가 흔들려 심장도 덩달아 덜컹 내려앉을 정도다.

이 지역에 위치한 마을 중, 중세시대의 모습을 그대로 간직하고 있는 카스틀란Castellane과 무스티에르생트마리Moustiers-Sainte-Marie 지역은 베르동 협곡의 가장 아름다운 전경을 볼 수 있는 곳이다. 석회암 절벽과 함께 절묘하게 어우러진 마을과 협곡을 휘감아 빠르게 이동하는 바람이 중세시대의 어디 즈음에 와 있는 듯한 착각에 빠지게 한다. 협곡의 끝엔 베르동 강이 모인 인공

호수 라크 드 생트크루아^{Lac de Sainte-Croix}가 주변 장관과 어우러져 또 다른 볼거리를 선사한다. 또 스펙터클한 자연을 패러글라이딩, 스카이다이빙, 카누, 사이클링, 래프팅 등으로 즐기기 위해, 사계절 내내 전 세계의 스포츠 마니아들이 이곳으로 몰려든다. 특히 1,500개의 루트 중 20미터부터 400미터까지 선택하여 즐길 수 있는 암벽등반은 타는 재미와 보는 재미를 동시에 준다.

Arriv. à Esterel
EXPIRES   01/31/12
2090628922   19342905
Billet à composter avant l'accès au train

낭만 산책
에스트렐

Classe 2, Voit 18, Place No.33

심호흡을 한 번 크게 하고, 정오의 태양을 바라본다. 눈을 가늘게 떠도 프로방스의 태양은 고작 몇 초밖엔 쳐다볼 수 없다. 눈물이 고여 올 때쯤 눈을 감으면 온통 까만 세상에 어여쁜 색색깔 동그라미들이 정신 없이 춤을 춘다. 눈을 떠도 눈을 감아도 프리즘을 통과한 화려함이 펼쳐지는 이곳은 칸에서 서쪽 해안 절벽도로로 30분을 달리면 도착하는 곳, 에스트렐Esterel이다. 너무나 작은 마을이라 웬만한 지도에선 찾기도 힘들지만, 고대 화산 폭발로 생성된 에스트렐 산맥은 그 빼어난 경치로 드라이브 코스로도, 사이클링 코스로도 인기가 많다. 그러나 느리게 걷기야말로 이곳의 매력을 고스란히 느낄 수 있는 가장 좋은 방법이다.

동쪽으로는 칸의 끝자락에서부터 시작해 서쪽으로 생라파엘의 프레쥐스까지 펼쳐진 이 산맥은 붉은빛이 감도는 절벽과 떡갈나무로 이루어진 울창한 숲에 시원한 지중해가 곁들여져 기막힌 풍경을 선사한

다. 총 면적 중 반 이상이 에스트렐 국립공원으로 보호받고 있어 언제나 그 싱그러움을 유지하고 있다.

새파란 바다와 극명한 대조를 이루어 더욱더 눈에 띄는 테라코타색 돌산이, 담갈색에서 꿀 색으로 또 짙은 꿀 색에서 장밋빛으로 점차 물드는 멋진 풍경. 그 사이로 난 작은 길들이 산책을 사랑하는 이들을 사시사철 충동질한다. 구불거리는 해안도로 덕분에 파란 지중해 건너엔 칸 전체가, 그 뒤로는 근육질의 프랑스령 알프스가 한 화면에 잡힌다. 에스트렐의 아름다움은 프랑수아즈 사강 Françoise Sagan 이 열여덟 살 때 발표하여 세계적으로 센세이션을 일으킨 『슬픔이여 안녕』을 통해 세계적으로 알려졌고, 또 세계적인 프랑스 디자이너, 피에르 카르댕 Pierre Cardin 의 별장 버블 하우스 Bubble House 가 완공되면서 더 많은 유명세를 탔다. 그러나 유명세로 인한 짐작과는 달리, 이곳엔 꾸며진 것이 하나도 없다. 그저 발밑으로 반짝이는 지중해에만 집중하라는 듯 쉽사리 표지판이 나오지도 않고 때로는 난간조차 없다.

"배가 목적지를 향해서 가는 건 항해지만, 목적지 없이 가는 건 표류다"라고 누군가 말했지만 바쁜 현대인들에겐 항해보단 표류가 더 절실한 것 같다. 다행히 이곳에선 정복해야 할 산봉우리나 올라서야 할 목적지 없이 기분 내키는 대로, 발길 닿는 대로 걸으면 대자연이 온전히 내 품에 들어와 폭 안긴다. 고즈넉한 길을 걸으며 시선을 이리저리 사랑스럽게 건네다 보면, 마른 나뭇잎을 밟는 작은 소리에도 놀라 소스라치게 도망가는 각종 도마뱀들을 마주치게 되는데, 당황한 듯 후다닥 거의 순간이동처럼 나무 위로 몸을 숨기는 것이 귀엽기만 하다. 또 바위 틈새나 나무 밑 이름 모를 야생화와 버섯 들이 오동통 동그란 얼굴로 날 바라보기도 하고, 신선한 한 줌 바람에 로즈마리나 야생 백리향, 라벤더 향기가 실려 오기도 한다. 곳곳에 껍질을 벗은 코르크 나무들도 보이는데, 막상 만져보면 거친 겉모습에 비해 촉감은 의외로 부드럽다. 붉디붉은 흙길을 그저 오르락내리락 따라가다 보면 인적이 드물어서인지 반대편에서 점점 가까워지는 사람들이 반가워지기도 한다. 미소로 눈인사를 건네고, 카메라를 들이대며 사진을 부탁하기도 한다. 또 저 멀리엔, 풍경 속에 자리 잡고 과일을 먹고 있는 가족들도 보이고, 화려한 색의 야생화나 만개한 나뭇가지들로 꽃다발을 만들어 가는 연인들도 만날 수 있어 자꾸만 미소를 짓게 된다.

이곳이 바다 위의 절벽임을 실감케 하는 것은 바람이다. 봄과 겨울엔 특히 바람이 거세게 몰아쳐 온몸이 휘청거릴 정도다. 심할 땐 허허벌판에서 따귀를 맞는 것 같은 기분마저 든다. 그러나 새하얀 파도가 수평선부터 꾸역꾸역 밀려와 돌산에 장렬히 부딪히며 은색 포말을 일으키는 장관을 볼 수 있기에 그리 나쁘지만은 않다.

지중해를 마주하고 한참을 걷다 보면, 이렇게 가다간 하늘에 닿는 게 아닐까 싶을 정도로 세상이 다 고요하다. 오랜만에 침묵 속에서 산책을 하니 새삼스레 나를 돌아보게 된다. 자연의 힘인지 침묵의 힘인지, 괜스레 착하게 살아야지 하는 생각까지 든다.

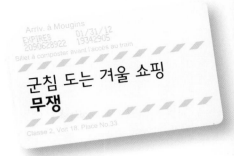

Arriv. à Mougins
EXPIRES   01/31/12
2090628922   19342905
Billet à composter avant l'accès au train

Classe 2, Voit 18, Place No.33

군침 도는 겨울 쇼핑
무쟁

프로방스의 겨울 시장엔 싱싱한 과일과 채소뿐만 아니라 서너 달 동안
두고두고 먹을 수 있는 가공식품으로 가득 찬다. 그러나 이들은 발효
나 절임 등 시간을 두고 가공된 '착한 가공식품'이다. 12월이면 어김없
이 열리는 무쟁의 시장도 겉모습은 '마르셰 드 노엘'이지만 선물이나
장난감 대신 사람들의 손을 거친 먹을거리만이 화려한 장식을 휘감고
있는, 군침 도는 시장이다.

멀리 눈 쌓인 알프스를 배경으로 무쟁의 구시가에 자그맣게 선 시
장에 다다르니 먼저 맑고 차가운 공기에 시큼하고 달달한 향이 실려온
다. 뱅쇼다. 오렌지나 레몬을 넣어 뜨겁게 끓인 뱅쇼는 추운 날씨와 찰
떡궁합으로 아침부터 마셔대는 사람들이 많다. 아직 이른 오후인데도
벌써 이 마을에서 가장 전경이 좋은 시장 입구에선 많은 사람들이 뱅
쇼를 마시고 있다. 끓이는 과정에서 알코올이 많이 날아가 도수가 낮
다고 생각하는 사람이 많지만, 별로 그렇진 않다. 특히 럼을 첨가한 뱅

쇼는 한 잔만 마셔도 금방 취기가 돌아, 이미 얼굴이 빨갛게 달아오른 사람들이 많이 보인다. 겨울 시장엔 와인 티백도 많이 팔아서, 어디서나 뜨거운 물만 있으면 뱅쇼를 마실 수 있다. 뱅쇼를 마시는 어른들 옆의 아이들이 호호 불어가며 마시는 것은 핫 초콜릿인 쇼콜라 쇼다. 코코아와 비슷한데 잘 마셔지지 않을 정도로 꿀쩍해서 거의 진흙 같은 색깔과 질감을 띤다. 우유와 설탕이 첨가되지 않아 달지 않지만 칼로리는 높아, 한 잔 마시고 나면 하루 종일 배가 고프지 않다. 일반적인 카페에서는 우유와 설탕이 첨가된 코코아를 팔지만 겨울 시장에선 제대로 된 쇼콜라 쇼를 판다. 나도 쇼콜라 쇼 한 잔을 들고 본격적으로 군침 도는 쇼핑을 시작한다.

일단, 다채로운 색깔로 눈을 사로잡는 잼이다! 잼 뚜껑에는 프로방스 패브릭을 잘라 덮어서 한눈에 봐도 '몸에 좋은 엄마표'라는 푸근한 인상을 풍긴다. 또 병에는 어떤 과일로 만들었는지 표시하기 위해 알록달록 앙증맞은 과일 그림을 그려넣어, 잼을 다 먹어도 버리기가 아까울 정도다. 상큼한 봄, 여름의 과일로 만든 잼들을 조금씩 맛보니 역시, 씹히는 과육과 그윽한 향이 일품이다. 세 개 또는 다섯 개 들이 세트는 나무 상자에 들어 있어 선물용으로 그만이다.

꾸리꾸리한 냄새를 마구 풍기는 말린 소시지도 겨울철 대표 간식이자 술안주다. 올리브 소시지, 옥수수 소시지, 피망 소시지, 양파 소시지 등 종류도 무궁무진하고 심지어 라벤더 소시지와 멧돼지로 만든 소시지까지 있을 정도다. 이 소시지들은 가공육이 아닌 돼지고기를 그대로 염장하고 말린 것으로 질이 꽤 좋다. 인심 좋은 장사꾼은 두툼하게 한 조각 썰어 손님들에게 내는데, 일단 그 맛을 보면 대부분의 사

람들이 안 사고는 못 배길 정도다.

다음 탐색물은 첫맛은 쫄깃하고 끝은 부드러운 사탕의 일종인 누가다. 엑상프로방스의 누가는 슈퍼마켓에서도 구입이 가능할 정도로 유명한데, 시장에서 만나는 누가는 더욱 종류가 다양해 고르는 재미까지 있다. 누가를 파는 프로방스 엿장수 아저씨는 정과 망치를 들고 주문을 기다리며, 오가는 손님들에게 큼지막한 누가 조각을 건넨다. 누가는 무엇이 들어갔느냐에 따라 맛이 천차만별인데, 상큼한 맛을 즐기려면 계피에 절인 건포도나 크랜베리 등 말린 과일이 들어간 누가를, 좀 묵직한 맛을 즐기려면 초콜릿이나 땅콩 또는 호두 등 견과류가 잔뜩 박힌 누가를 고르면 된다. 절인 밤이 들어간 누가와 오렌지나 무화과를 넣은 누가도 맛있다. 요것 조것 섞어서 300그램 정도 사려는

데 어떻게 잘라줄까 묻는다. 주사위 모양으로 자잘하게 잘라서 한입에 쏙쏙 넣을 수 있도록 해줄까, 아니면 넓적하고 크게 잘라줄까를 묻는 것이다. 어떤 모양으로 잘라도, 투명하고 예쁜 봉투에 넣어주니, 어떡하지? 이 봉투도 못 버릴 것 같다.

또 구경만 해도 배가 부른 오리나 돼지고기로 만든 파테^Pâte 와 테린^Terrine, 푸아그라, 다양한 색감의 수제 쿠키, 각종 치즈, 절인 올리브 등을 지나 간식거리를 파는 곳으로 자리를 옮기니 이곳에도 겨울철 별미 들이 다 모여 있다. 기차 모양을 한 드럼통에서는 군밤이 빙글빙글 돌아가며 구워지고 있고 그 옆에는 어김없이 온데 검댕을 묻혀가며 급하게 밤을 까먹는 아이들이 있다. 그 옆에는 그윽한 향기가 일품인 크리스마스 차를 한 번에 들이켜 혀를 덴 할머니, 화덕에서 금방 구워져 나온 바삭한 소카를 며칠 굶은 사람처럼 먹어치우는 아저씨, 라클레트^Raclette란 퐁뒤용 스위스 치즈를 넣은 샌드위치를 급하게 베어 물어 입천장이 홀랑 까진 아줌마, 12월이 되어야만 볼 수 있는 추러스를 경쟁하듯 순식간에 해치워버리는 연인들까지…….

　나도 그들 사이에 섞여 소카를 먹다 보니, 왜 사람들이 다들 허겁지겁 음식을 먹는지 알겠다. 커다란 주크박스를 죽을 힘을 다해 빠르게 돌리고 있는 피에로 때문이다! 구슬픈 샹송도 옛 팝송도 죄다 왈츠처럼 발랄해지니 듣는 사람들도 괜스레 마음이 바빠진다. 가뜩이나 추운데 음악에 맞춰 음식도 대충 씹고, 뜨거운 음료도 한두 번 후후 불고 꼴깍꼴깍 넘기고 있다. 나만은 저 피에로의 농간에 놀아나지 않으리라 다짐하며 시장을 내려오는데, 주차장까지 울려 퍼지는 주크박스의 음악 때문에 급한 일도 없는데 나도 모르게 종종걸음이 된다. 무쟁을 빠져나오면서 시장을 올려다보니, 재빠른 사람들의 움직임이 마치 채플린이 나오는 무성영화의 한 장면 같다.

**12월의
프로방스**

　가본 적 없어도 왠지 모르게 익숙하고 편안하며 아련한 풍경을 떠올릴 수 있는 그런 곳이 있다. 프로방스가 그렇다. 뜨거운 태양과, 얼음 한 조각 띄운 로제와인과 싱싱한 해산물 샐러드, 잔잔한 지중해와 호화 요트, 나른한 오후의 백사장, 골동품에서 고물까지 모든 것들이 낡은 벼룩시장, 키 큰 야자수와 아이스크림 트럭, 강렬한 색채의 인상파 그림 등 프로방스라는 네 글자만으로 떠오르는 이미지는 한껏 따사롭기만 하다.

　그러나 프로방스의 겨울도 만만치 않다. 프랑스령 알프스에서 스키를 타고, 크리스마스 시장을 구경하고, 노천 스케이트장에서 얼음을 가르고, 겨울철 별미를 음미하면서 추위를 한껏 즐길 수 있다. 눈싸움을 하며 개썰매를 타는 프로방스는 어쩐지 생경하지만 일단 동화되면 겨울의 프로방스는 다양한 즐거움을 주는 최고의 휴양지다.

　오늘같이 비가 오는 날이면 하늘이 순식간에 분홍빛으로 변하고 급격한 기온 변화 탓인지 번쩍이며 땅으로 내리꽂히는 번개가 1분에도 수십 번씩 보인다. 오후가 되어 해가 뜨나 싶더니 또 부슬부슬 비가 온다. 그러나 구름 사이로 비치는 햇빛일수록 더욱 눈부시고, 그 위에 뿌려지는 비는 찬란함을 더해 묘한 아름다움을 자아낸다. 우리 속담에 여우비가 올 땐 여우와 호랑이가 결혼한다는데 이 전설에 따르면 프로방스엔 싱글인 여우와 호랑이가 한 마리도 남아 있지 않을 정도로 프로방스의 겨울엔 이런 날씨가 잦다. 그러나 괜찮다. 오후 5시만 되어도 해가 지지만, 겨울밤은 빛을 발해 마치 빛의 축제나 파티에 온 듯 화려해지기 때문이다. 12월부터는 반짝이는 조명을 온몸에 휘감은 야자수와 도시별로 모양과 규모가 다른 길거리의 크리스마스 장식이 마치 경쟁하듯이 밤새 엄청난 빛을 발산한다. 또 해변에 열리는 크리스마스트리용 소나무 시장엔 낯선 아름다움이 가득하고, 밤늦도록 북적이는 크리스마스 시장

에선 선물도 사고 간식도 먹고, 놀이기구도 타고, 사진도 찍고, 작은 스케이트 장에서 엉덩방아도 찧어가며 동심으로 돌아가 겨울을 즐길 수 있다.

어느 도시에서나 가장 멋진 스포트라이트를 받으며 화려함의 극치를 보여주는 곳은 시청이 아닐까 싶다. 시청을 마주보고 사방에 설치된 조명들은 계속 시청의 옷을 갈아입히고 벽에는 산타와 루돌프, 그리고 푸짐한 선물까지 그려져 시종일관 눈을 떼지 못하게 한다. 또 새해가 되는 순간, 거의 모든 도시에서 불꽃놀이를 하는데, 특히 해안 도시들은 겨울바다 위로 새해를 알리는 축포를 쏘아 장관을 이룬다. 겨울에 프로방스를 방문한다면 도심을 어슬렁거리며 배회하기만 해도 눈이 즐겁고 기분이 들뜬다.

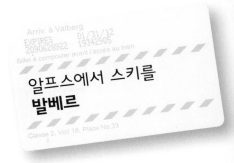

알프스에서 스키를
발베르

천혜의 자연이라 불리는 프로방스엔 불공평하게도 모든 것이 다 있다. 거대한 알프스 산맥은 프로방스까지 뻗어 있어, 겨울엔 설원을 가르며 스키까지 즐길 수 있으니 말이다.

프로방스에는 오롱Auron, 이솔라Isola, 앙동Andon, 발베르Valberg 등 스키 리조트가 여럿 있는데 주로 알프스 남단의 메르캉투르 국립공원Le Parc du Mercantour 근처에 위치해 있다. 이곳 스키 리조트들의 특징은 인공적인 것을 최대한 배제하고, 자연을 훼손시키지 않는 범위 내에서 스키를 즐기게 만들어진 자연 친화적 리조트라는 점이다.

그중 숙박 시설이나 마을의 규모는 작지만 4개 등급으로 분류된 53개의 슬로프가 있어서 스키어들의 천국으로 불리는 발베르는 자연을 있는 그대로 즐길 수 있는 멋진 스키장이다. 니스에서도 86킬로미터밖에 떨어져 있지 않아 아침엔 지중해에서 수영을 즐기고, 점심에는 알프스에서 스키를 탈 수 있는 이상적인 조건 때문에 많은 사람들이 찾는다. 이탈리아와도 가까운 이 스키장은 작은 마을 전체를 하나의 리조트로 만들어, 여름에는 하이킹과 레포츠를 즐기는 사람들을 초대하고, 겨울엔 스키장으로 탈바꿈해 스키어들을 맞이한다.

이곳의 리조트는 인공적으로 호텔이나 콘도, 휴양시설을 지어 놓은 것이 아니라 스키를 탈 수 있는 모든 공간을 한데 묶어 부르는 명칭일 뿐이다. 프로방스 산악지방의 전형적인 모습을 띠고 있는 발베르는 1,700미터의 고도에 위치한다. 숙박 시설인 작은 호텔들과 콘도, 혹은 임대 별장도 단순히 베이스캠프의 역할에만 충실하고, 화려한 유흥 시설이나 쇼핑센터 등은 전혀 없다. 스키 외의 오락거리라곤 아주 작은 극장이 전부인데, 이곳마저도 가끔씩만 문을 연다. 직선으로 50미터도 채 안 되는 마을의 중심부엔 스키 장비들을 살 수 있는 조그만 가게, 스키용품 대여점과 강습권을 살 수 있는 인포메이션 센터 그리고 몇 개의 소박한 레스토랑과 카페가 전부다.

너무 소박해서, 또는 너무 작은 규모에 놀라 실망할 수도 있다. 그러나 이곳에서 스키 하나만큼은 제대로 즐길 수 있다! 자신의 취향대로 알파인, 크로스컨트리, 노르딕 등 다양한 코스를 선택할 수 있는데, 최고 2,011미터, 최저 1,500미터 고도의 크고 작은 알프스 산맥들을 알파인 스키로는 90킬로미터, 크로스컨트리로는 25킬로미터까지 즐길 수 있다. 워낙 코스가 많고 길어서 피크인 12월과 1월이라고 해도, 슬로프를 혼자 활강하는 경우가 흔하며, 스키어들이 타주기만을 바라며 홀로 돌아가는 빈 리프트들이 이곳에서는 흔하다. 환경을 있는 그대로 즐긴다는 의미에서 야간개장은 없으며 안개가 심하게 끼거나 폭설이 내리는 경우에는 일부 코스를 닫기도 한다. 그러나 익스트림 스포츠의 대명사 헬리스키나 아이들을 위한 눈썰매장, 또 초보자를 위한 낮은 경사도의 코스 등 선택의 폭이 넓고, 그리 멀지 않은 앙동에서는 시베리안 허스키가 아닌 '프로방스 허스키'가 끄는 개썰매도 탈수 있어, 의외의 겨울 낭만을 즐길 수도 있다. 또 장작이 타닥타닥 좋은 소리를 내며 활활 타올라 아늑한 분위기를 내는 발베르의 작은 레스토랑에서는 프로방스 산악지방 특유의 별미들, 특히 겨울에만 맛볼 수 있는 메뉴가 줄줄이 대기 중이고, 거친 나무로 지어진 작은 카페에서는 생크림을 듬뿍 얹은 크레이프와 달달한 쇼콜라 쇼 한 잔으로 노곤한 몸을 녹이기에 그만이다. 물론 카페에서는 손님의 입맛에 따라 쇼콜라 쇼 대신 위스키나 브랜디를 제공하기도 한다.

이곳엔 유독 가족 단위 관광객이 많고, 시끄럽고 복잡한 분위기를 싫어하는 사람들이 속속 모여 자연과 더불어 스키를 즐긴다. 집들은 거의 스위스 샬레Châlet 형태며, 뾰족하고 거친 느낌의 나무 지붕에서는

연기가 피어올라 하얗게 눈을 뒤집어쓴 소나무들과 쌍을 이루고, 높은 고도 덕분에 맑은 날에는 알프스의 전경이 360도로 펼쳐져 장관을 이룬다.

짧게는 일주일에서 길게는 두 달까지 숙박과 스키장 이용료가 묶인 패키지를 끊으면 훨씬 저렴하게 순백의 평온함을 즐길 수 있다.

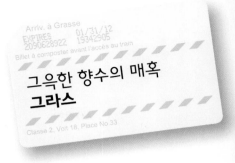

그윽한 향수의 매혹
그라스

향이 결핍된 남자 그르누이는 향을 통해 세상 모든 물건과 소통한다. 그는 향을 통해 사물과 관계하고, 세상을 이해한다. 그에게 향은 좋고 나쁨을 떠나 사물의 속성을 파악하며 사건의 앞뒤를 연결하는 도구다. 파리에서 증류법의 향수 제조에 한계를 느낀 그는 '동물성 지방에 꽃을 붙여 서서히 냄새를 흡수시킨 후, 포마드로 희석해 증류하는 방법'인 냉침법(冷浸法)을 배우고자 향수의 본고장인 그라스(Grasse)에 도착한다. 그는 이곳에서 아름다운 여인 13명의 향기를 모아, 모든 사람들을 매혹시킬 수 있는 단 하나의 마법 같은 향수를 만들어낸다.

파트리크 쥐스킨트(Patrick Süskind)의 소설 『향수』의 줄거리다. 물론 향수를 만드는 그르누이만의 독특한 방법으로 인해 '어느 살인자의 이야기'라는 부제를 달고 있지만, 이 소설은 2006년 영화로도 만들어져, 18세기의 향수 제조법과 그라스가 다시 한 번 주목 받는 계기가 되었다.

그라스는 16세기부터 가죽 가공업으로 유명한 도시였지만 가죽 가공 냄새가 너무 심해 향료를 사용하기 시작하면서 오히려 향수 산업이 발달했다. 강우량이 적고 일조량은 많은 날씨와 뒤로는 알프스 산맥, 앞으로는 지중해를 바라보는 지리적 조건이 맞아떨어져 가능한 일이었다.

18세기 중엽부터 향수는 유럽의 왕가 및 상류층의 중요한 사치품이었는데, 그 대부분이 그라스에서 만들어졌고 그중에서도 특히 그라스 재스민과 장미가 유명하다. 아직도 그라스의 향수 제조는 전 과정에서 전통 방식을 고수하며 수작업으로 해오고 있다. 따라서 이렇게 만들어진 향수는 극소량의 최상품으로 분류되어 전 세계의 왕가 및 부호에게 팔리고 있다. 그라스 시에서는 꽃 재배 농가에도 엄격한 관리 기준을 적용하고 있으며 토종 식물의 반출 및 접붙이기를 엄격히 금지하는 등 철저한 관리, 감독에 힘을 쏟고 있다. 전 세계에 단 300여 명만 있는 조향사調香士 노즈Nose 중 절반이 프랑스에 있으며 이들 중 상당수가 그라스에서 일하고 있다.

후각은 향을 맡고 첫 15분 동안 민감하며 점차 둔감해지기 때문에 노즈는 1,000종에서 2,000종이나 되는 조향 소재 중에서 수십 내지 수백 종을 조합하여 15분 안에 마법처럼 하나의 향기를 만든다. 세계적으로 유명한 향수 제조사 프라고나르Fragonard와 몰리나르Molinard에서도 이런 마법 같은 향수 제조법을 볼 수 있다. 그라스 출신의 화가 장 오노레 프라고나르Jean-Honoré Fragonard의 이름을 딴 프라고나르 사는 그라스에만 다섯 개의 공장을 두고 프랑스 전역에 체인을 둔 대표적인 향수 제조회사로, 그라스 본사에 볼거리가 가장 많다. 이곳에서는 향수의 역사와 제조법, 향수 제조에 쓰이는 꽃과 식물, 향수병의 역사 등을 구경할 수 있고, 기존에 경험하지 못한 천연 향수들도 많이 만나볼 수 있다. 그라스 향수 박물관에서도 향수 제조 관련 기구들과 희귀한 디자인의 향수병 컬렉션 등 '향수에 관한 모든 것'을 구경하고 체험할 수 있다. 또 매년 8월 첫째 주 주말에는 재스민 축제Fête du jasmin가 열려 이 작은 도시가 재스민의 향기로 넘쳐난다.

그라스를 돌아다니다 보면 구석구석, 너무 많은 향기가 한꺼번에 덮쳐 와 정신을 못 차릴 지경이 된다. 향기의 뒤섞임 속에 기분은 몽롱해지고 후각은 무뎌진다. 그렇지만, 최선을 다해 정신을 똑바로 차리고 후각을 진정시킬 필요가 있다. 세상에 딱 하나뿐인 '나만의 향기'를 만들 수 있는 기회, 다른 사람들에게 특별한 향기로 기억될 수 있는 절호의 찬스를 그라스를 떠나는 순간 다시는 기약하기 힘들 테니까.

Arriv. à Monaco
EXPIRES   01/31/12
2090628922   19342905
Billet à composter avant l'accès au train

Classe 2, Voit 18, Place No.33

현란한 카레이싱 포뮬러원
모나코

1929년, 모나코에서 루이스 2세 왕자가 주최한 유럽 그랑프리 자동차 경주대회European Grand-Prix Motor Racing를 모체로 현존하는 가장 현란하고 섬세한 스포츠 포뮬러원이 탄생했다. 올림픽, 월드컵과 함께 세계 3대 스포츠라고 불리는 이 경기의 공식명칭은 'FIA 포뮬러원 월드 챔피언십 FIA Formula One World Championship'으로 줄여서 F1이라고 불린다. 개인전이면서 동시에 팀 경기이기도 한 F1은 12개 팀에서 각 두 명씩, 총 24명의 선수가 나오고, 팀당 색깔이 동일한 두 대의 자동차가 출전한다. 간단하게 보이지만 엔지니어 팀과 지원 팀을 합하면 600여 명의 스태프들과 함께 호흡을 맞춰야 하는 대규모 경기로, 제작팀과 드라이버의 두 부문으로 나누어 시상한다.

첨단기술의 집약체라고 볼 수 있는 경주용 자동차는 '머신'이라 불리는데, 그 핵심은 단연 엔진이다. F1 차량엔 보통 중형차 정도의 2,400cc 엔진을 쓰지만 그 엔진에서 뿜어져 나오는 힘은 보통 엔진의

4배가 넘는 750마력을 자랑한다. 2초 만에 시속 100킬로미터, 5초 만에 시속 200킬로미터까지 도달하는 힘이며 최고 속도가 시속 350킬로미터가 넘는다. 엔진뿐만 아니라 접지력을 극대화하기 위해 요철 없는 타이어를 쓰는데 1분에 50번 회전하며 100도까지 가열된다. 또 빠른 속도로 주행하다 보면 차체가 떠오를 수도 있기 때문에, 극한 속력에서는 바닥으로 가라앉을 수 있게끔 뒤쪽엔 날개를 거꾸로 붙인다. 0.01초의 속도전쟁에서 엔지니어들은 4개의 타이어를 3초 미만의 짧은 시간에 교환, 연료는 7초 만에 주입해야 하기 때문에 선수만큼 엔지니어들의 팀워크도 중요하다.

　F1은 매년 3월부터 11월까지 약 스무 나라를 돌면서 열리는데 2010년부터는 한국도 포함되었다. F1 서킷은 대체로 레이싱 전용 트랙을 쓰지만, 모나코는 도심 외곽도로를 막아 경주용 트랙으로 사용하는 것이 특징이다. 때문에 보는 이로 하여금 눈부신 지중해와 요트가 즐비한 항구, 겹겹이 지어진 고층 건물과 터널, 왕궁, 카지노 등 다

른 서킷에서는 볼 수 없는 다
양한 볼거리를 제공한다. 출
발 순서를 정하는 예선전이 열
리는 토요일, 그리고 본 경기가
있는 일요일, 이렇게 이틀간 모
나코는 대중교통과 자동차가 다
니지 않는 나라가 된다. 매년 5
월, 경기가 있는 이틀간 단 3,000석의 관중석만이 마련되어 티켓 경쟁
이 심한데, 정규 좌석 말고도 도로변 레스토랑과 카페가 훌륭한 관람
석으로 탈바꿈한다. 호텔이나 고층 아파트, 빌딩, 빌라도 일반에게 대
여되어, 비행기를 방불케 하는 폭음의 머신들이 모나코 도심을 가르는
광란의 레이스를 즐길 수 있도록 한다. 일반 가정에서 넓은 발코니나
옥상을 개방하는 경우도 흔한데, 입장료를 받는 대신 간단한 뷔페와
음료수를 곁들인 파티를 열어 현란한 축제를 더욱 즐겁게 한다.

세금이 없는 모나코의 주 수입원은 F1과 카지노다. F1이 열리는 시
기가 아니라면 몬테카를로 그랑 카지노Le casino de Monte-Carlo와 호텔 드 파
리Hôtel de Paris 앞에서, 주문 제작된 고급 자동차들을 맘껏 볼 수 있다. 이
곳에선 대박을 꿈꾸며 카지노로 들어가는 사람들보다 세상에서 딱
한 대뿐인 자동차를 구경하려는 사람들이 더 많다. F1은 한 경기당 평
균 20만 명, 연간 400만 명이 경기장을 찾고, 전 세계 190여 나라에
중계돼 6억 명이 시청한다는 수치가 증명하듯 세계에서 가장 광고 효
과가 큰 스포츠 중의 하나다. 모나코는 F1뿐만 아니라 매년 1월 치러
지는 몬테카를로 자동차 랠리Rally de Monte-Carlo로도 유명하다.

가보고 싶은 박물관이나 해보고 싶은
야외 활동이 있다면 인포메이션 센터나
호텔 로비에서 브로슈어를 챙겨야 한다.
브로슈어에는 보통 개장 시간, 가격, 찾
아가는 길 등이 상세히 적힌 정보뿐 아니
라 '20퍼센트 할인' 공짜 가이드투어' 또
는 '10세 미만 아이는 공짜' 등의 할인 쿠
폰이나 바우처가 붙어 있어 실용적이다.

스키
프로방스의 겨울 햇볕은 여름 못지않게 따
가워서 선크림이 필수다. 프로방스의 스키
장들은 시설과 규모에 비해 입장권과 리프
트 이용권은 싼 편이지만 강습료는 상대적
으로 비싸다.

• 발베르 www.valberg.com
스키장 개장 : 11월~3월
요금(1일 기준) : 성인 45€, 4인 가족 151€
강습(1일 기준) : 알파인 스키 220€, 스노보드 230€

번지점프와 에스트렐 산책
야외 활동의 경우 날씨에 따라 일정이 취소
되기도 하니 비가 거의 오지 않는 여름이
적기다.
에스트렐에는 가게나 레스토랑 등이 전혀
없기 때문에 물을 꼭 챙겨야 한다.

• 에스트렐 www.esterel-cotedazur.com
• 고르주 뒤 베르동
www.latitude-challenge.fr
요금 : 번지점프 105€, 패러 슈팅 370€

향수

그라스 향수 박물관은 관람객이 많은 5월에
서 9월까지는 저녁 9시까지 열며 직접 향수
를 만들거나 전시물을 관람하는 것뿐 아니
라 다양한 행사와 특별 전시, 향수 1일 수업
등이 열리기 때문에 시기에 따라 관람료에
차이가 있다. 장미 축제, 재스민 축제 등 그
라스의 대표 꽃 축제가 열리는 봄과 여름에
그라스를 방문하면 더욱 풍성한 볼거리를
만날 수 있다.

- 그라스 향수 박물관
  www.museesdegrasse.com
  관람 시간 : 10시~18시(화요일 휴관)
- 프라고나르 향수 회사
  www.fragonard.com
- 몰리나르 향수 회사 www.molinard.com
- 갈리마르 향수 회사 www.galimard.com

F1

도심에서 개최되는 행사인 만큼 좌석의 가
격 편차가 심하다. 요트들이 즐비한 항구와
그랑 카지노, 왕궁 등을 배경으로 F1 코스
가 한눈에 내려다보이는 로열 석은 4,500€
를 호가하지만, 그리 좋지 않은 평지 도로변
의 좌석은 50~60€로도 살 수 있다. 가격에
상관없이 좌석 수가 많지 않아 티켓 경쟁이
심해서 예매를 원한다면 시즌 시작 전부터
서둘러야 한다. 공식 사이트에서는 부대 행
사도 다양하게 진행해 만족스러운 가격으
로 티켓을 구입할 수 있다.

- 모나코 F1
  www.grand-prix-monaco.com
  행사 기간 : 5월 토, 일 양일간
  2일 패스 : 최저 1,950€~최고 4,500€,
  1일 패스 : 최저 45€~최고 1,800€

6장

살아 숨 쉬는
역사 속으로

오랑주 | 아비뇽 | 마르세유
골프쥐앙 | 앙트르보 | 모나코

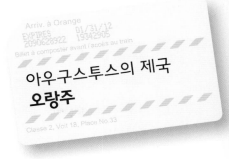

아우구스투스의 제국
오랑주

여행이 눈을 넓혀준다고들 한다. 그것은 단지 낯설고 생소한 곳을 방문해 관광하며 많은 것을 보았다는 뜻만은 아니다. 내가 방문했던 나라가 뉴스에 나오면, 관심 밖의 정치나 스포츠 얘기라 할지라도 귀 기울여 듣게 된다. 또 학구적 다큐멘터리도 이미 가본 유적지가 나오면 집중하게 되고 이해하려 노력하게 된다. 여행 책을 봐도, '앞으로 가보고 싶은 곳'보다 '이미 다녀온 곳'에 관한 내용을 더 유심히 읽으며 지은이의 감정에 공감하고, 작은 정보도 흘려보내지 않으며 여러 번 곱씹게 된다. 그래서 어떤 나라나 지방을 여행하고 나면 여행했던 당시보다 다녀온 후에 더 많은 지식을 쌓게 된다. 그렇게 점점 관심사가 확대되어 나가는 것, 그래서 생소한 문화와 낯선 사람들을 점차 이해하게 되고 공감대를 형성하는 것, 그것이 여행의 힘이다.

　이런 과정은 매우 바람직해 보이지만, 흥미로운 역사와 재미있는 일화를 여행을 다녀오고 난 후에야 접하는 아쉬움은 이루 다 말할 수 없다. 너무 얕은 사전지식만 가지고 여행을 다녀와서 정작 중요한 포인트를 놓쳤다는 생각에 가슴을 친다.

감성만으로 여행할 수 있을 것 같은 프로방스는 사실 프랑스에서 로마 시대 유적이 가장 많이 남아 있는 곳으로, 유적지만을 돌아보는 투어가 있을 정도다. 그중 특히 오랑주Orange는 2,000년 전 고대극장이 남아 있는 도시로, '보고 나서 아는 것'의 아쉬움을 느끼지 않으려면 2,000년 전 이 땅을 지배했던 아우구스투스Augustus를 먼저 만나야 한다.

프랑스가 갈리아로 불리던 기원전, 갈리아의 남쪽에 아라우시오Arausio라는 이름의 평화롭고 비옥한 도시가 있었다. 이곳은 율리우스 시저Julius Caesar에 의해 기원전 40년에 이미 정복되었지만 정복을 자축하는 기념탑 몇 개가 들어선 것 말고는 크게 바뀐 것이 없었다. 오히려 로마의 집권층은 이 마을에서 얼마 떨어지지 않은 아를과 마르세유를 거점지로 성장시키고 있었기 때문에 아라우시오는 그들의 관심 밖이었다.

정복 4년 후, 카이사르가 갑작스런 암살로 죽음을 맞이하자 그의 유언에 따라 어린 양자가 왕위에 올랐고 그가 로마 제국의 초대 황제 아우구스투스다. 그는 세력이 안정되어가자 포도, 올리브, 꿀, 송로버섯 등이 넘쳐나는 비옥한 아라우시오에 9,000석 규모의 극장을 비롯해 로마의 힘을 과시하는 건축물을 세운다. 그곳이 지금의 오랑주로, 이 극장 앙티크 도랑주Antique d'Orange는 현재 유럽에서 가장 잘 보존된 고대극장으로 손꼽히며, 유네스코 세계문화유산으로 지정되기까지 했다.

돌을 쌓아서 만든 벽은 높이만도 37미터에 넓이는 103미터, 총 3층으로 구성되어 있는데 3층 석벽 중앙 아케이드에는 3.5미터 크기로 세상을 굽어보며 손을 올려 인사하는 아우구스투스의 석상이 위엄 있게 서 있어 당시 로마의 힘과 저력을 보여준다. 이 고대극장은 완벽한 음악극장의 시설을 갖추고 있어 고대 로마인들의 음악에 대한 식견과 현대 기술과 비교해봐도 손색없는 기술력을 보여준다.

비단 기술뿐 아니라 2,000년 전의 왕과 정치인들도 지혜로웠던 것 같다. 아우구스투스는 고정 세제를 실시해서 세금의 양을 일정하게 하고 돈의 흐름을 원활하게 만들었다. 또 세금 징수를 위해 인구조사를 실시했고 육로 교통망을 구축하는 등 식민지에도 생활 전반적인 부분에서 안정을 가져왔다. 또한 로마 집권층은 식민지의 주민들에게 공포심을 주거나 폭력을 행사하지 않았고, 자신들의 문화를 전파시키면서 자연스레 동화되어 로마인에게 흡수되도록 했다. 이런 정치적인 목적으로 이용하기에 거대화, 실용화, 예술화 등 당시의 로마 건축술의 모든 특징이 잘 살아있는 이 고대극장은 그야말로 최적의 장소였다. 도심 한가운데 위치한 이 극장은 시민들의 생활에 중추적인 역할을 했는데, 재미있는 연

극과 공연 들이 매일 무대에 올랐고, 이 모든 것은 국가에서 관장하는 말 그대로 '무료 문화생활'이었다. 극장에서의 오락은 하루 종일 지속되었다. 또한 집권층은 그리스의 비극만을 고집하지 않았고, 평민들이 선호하는 가벼운 마임과 팬터마임, 연극, 시, 독서 낭독 등 다양한 공연과 오락거리를 제공했다. 특히 희극은 익살스런 대사와 몸짓으로 대중을 사로잡았다. 게다가 대중에게 무대 위의 대규모 특수효과와 무대장치는 그야말로 경이로움 그 자체였다. 때문에 이런 장치는 군중을 모으는 중추적인 역할을 했고, 무대장치와 효과 부문의 기술이 날로 발전할 수밖에 없었다. 극장은 무료였을 뿐 아니라 남녀가 자유롭게 섞일 수 있었던 유일한 공공장소였기 때문에 더욱 큰 호응을 받았다. 그러나 복도에는 자리를 배치하는 요원을 두어 신분이 높은 귀족들은 한쪽에 따로 앉았다.

아우구스투스의 41년간의 통치는 로마의 평화라 불리는 태평성대를 이루어 지중해 지역은 두 세기 넘게 평화를 지속할 수 있었다. 그의 사후, 원로원과 민회는 아우구스투스를 신으로 선포했고, '카이사르'와 '아우구스투스'는 이후 1,400여 년간 로마 제국과 비잔티움 제국의 통치자들을 지칭하는 용어로 사용되었다. 또한 기존의 '여섯 번째 달'을 '아우구스투스'로 바꾸어 불렀고 오늘날에는 8월이 그의 이름으로 불리고 있다.

그러나 4세기에 그 거대했던 로마 제국도 쇠락의 길을 걷게 된다. 결국 로마인들은 이 평화로운 도시 오랑주에서도 철수했고, 그때부터 고대극장의 수난사가 시작된다. 독일에서 온 바바리아인들은 로마 제국의 건축물들을 모두 파괴했고 이때 고대극장의 내부도 일부 파손되었다. 버려졌던 극장은 중세에 이르러서는 방어력이 뛰어나다는 판단 아래 방어참호로 사용되었고, 16세기의 종교전쟁 때에는 피난 장소로 쓰이면서 오랫동안 극장으로서의 제 기능을 하지 못했다. 1825년이 되어서야 복구공사가 시작되어 조금씩 옛 모습을 찾아갔다. 극장 중심부, 로마 번영의 상징으로 서 있던 아우구스투스의 동상도 전쟁 중 많은 피해를 입었지만 1951년 재탄생되어 오랑주의 고대극장은 옛 모습을 완벽하게 되찾게 되었다.

1869년에 로마 페스티벌Fêtes romaines이라는 이름으로 시작되어 1902년부터 본격화된 오랑주 페스티벌은 오페라, 발레, 음악회 등의 수준 높은 클래식 공연으로 매년 8월 전 세계의 클래식 팬들을 초대한다. 그 외에 록 콘서트와 재즈 콘서트가 개최되는 등 오랫동안 잃었던 극장으로서의 역할을 지금도 충실히 하고 있다.

Arriv. à Avignon
EMPIRES   01/31/12
2090628922 19342905
Billet à composter avant l'accès au train

Classe 2, Voit 18, Place No.33

궁전보다 화려한 교황청
아비뇽

1314년의 아비뇽 교황청, 교황 클레멘스 5세Clemens V는 소화불량을 치료하기 위해 에메랄드 가루를 복용하다 사망했으며, 1342년부터 1352년까지 교황을 역임한 클레멘스 6세Clemens VI는 신을 섬기는 가장 좋은 방법은 '화려하게 치장하는 것'이라는 신념으로 8만 개의 은화로 땅을 사 그곳에 초호화 양식의 신 교황청을 세웠다. 당시는 왕위계승 문제와 플랑드르 지역의 소유권을 두고 영국과 프랑스가 백년전쟁을 치르고 있었으며, 프랑스 인구의 25퍼센트가 죽은 흑사병이 창궐하던 시기였다.

교회의 권력이 신장함에 따라 1303년, 프랑스의 왕 필립 4세Philippe IV는 교회도 세금을 내야 한다고 주장해 당시의 교황 보니파시우스 8세Bonifacius VIII와 극심히 대립했다. 국왕에 맞선 교황의 최후는 프랑스군이 아나니의 별장에 있던 교황을 습격한 '아나니 사건'으로 막을 내려, 이 사건으로 필립 4세는 교황권에 대한 우위를 확보했고 교황은 국왕의 꼭두각시 노릇을 하다가 설상가상 몇 주 후에 죽음을 맞는다. 프랑스인 추기경 베르트랑 드 고트[Bertrand de Got]가 클레멘스 5세로 즉위했지만 아나니 사건의 이후 처리를 논의하는 의회를 준비하던 1310년, 이탈리아는 신성로마제국의 하인리히 7세[Heinrich VII]의 침략을 받게 된다. 교황은 이탈리아로 돌아갈 수 없는 상황에 이르고, 결국 리옹에서 교황 즉위식을 거행한 후 교황청을 아비뇽으로 옮겨 계속 프랑스에 머물게 된다. 이때부터 1376년까지, 가톨릭의 교황청 자리가 로마에서 아비뇽으로 옮긴 약 70년의 기간을 '아비뇽유수'라고 한다. 이 기간 동안 7명의 공식 교황이 재임했고 모두 프랑스인이었다.

프랑스인 교황을 앞세워 프랑스는 교황청에 막대한 영향력을 행사했고, 24명의 추기경을 임명하면서 22명을 프랑스인으로 구성하는 등, 프랑스의 힘을 키우는 데만 주력했다. 수적 열세에 놓인 이탈리아의 불편한 심기에도 아랑곳 않고 교황 역시 자신의 친척들에게 많은 특혜를 주고 그들을 교황청 행정요원으로 등용하는 등 부적절한 행동도 서슴지 않았다.

1377년, 교황 그레고리우스 11세[Gregorius XI]가 로마로 귀환하며 아비뇽유수는 종식되지만 로마에서 새로 선출된 교황 우르바누스 6세[Urbanus VI]를 프랑스인 추기경들이 인정하지 않고 갈등이 극심해지자 결국엔 아비뇽과 로마 두 곳에 각각 대립교황[Antipapa]이 등장하기에 이른다. 대립교황은 비합법적으로 교황권을 행사한 사람을 가리키는 말로, 교황좌에 오르긴 했어도 그 선출이 적법하지 않거나 교회법의 절차를 거치지 않아 인정받지 못한 사람을 말한다. 대립교황은 당시의 불안정한 역사적 상황, 즉 교회 내 대립, 합법적인 교황의 추방, 이중 선거, 정치

적인 대립 등이 낳은 결과였다. 아비뇽유수 이후에도 열 명의 대립교황이 존재했다.

이런 어두운 역사를 되뇌며 론 강에 걸쳐진 아비뇽 다리Pont d'Avignon를 지나 성곽 안으로 들어오면, 시청과 오페라 극장을 중심으로 끝없이 이어지는 노천카페와 레스토랑에서 아비뇽 사람들의 세속적인 삶을 구경하게 된다. 그 뒤로 모습을 드러내는 교황청의 첫 인상은 '견고한 성채'다. 높이 50미터, 두께 4미터에 달하는 거대한 석벽으로 보호받고 있는 교황청은 신의 전당이라기보다 난공불락의 요새로 설계되어 있어, 막강한 정치권력의 위협에 상대적으로 열세에 있던 교황청의 자기 보호적 성격이 잘 나타난다.

1995년 유네스코 세계문화유산으로 등재된 이 독특한 교황청은 1334년부터 재직했던 교황 베네딕토 12세Benedictus XII의 단조로운 구 교황청과 교황 클레멘스 6세 시대에 유행한 플랑부아양Flamboyant 양식의 신 교황청으로 이루어져 있다. 플랑부아양은 돌로 만들어진 '불꽃 모양'의 격자를 이르는 말로, 14세기 말부터 발전해 15세기에 전성기를 이룬 프랑스 후기 고딕 양식의 일종이다. 사치를 좋아하던 교황 클레멘스 6세의 신 교황청이 이 양식으로 건립됨에 따라 아비뇽 교황청은 세계에서 가장 큰 고딕 양식 궁전으로 이름을 올리게 되었다. 지금은 20개의 방들 중, 추기경들이 한자리에 모여 새 교황을 선출하던 연회홀이나 대형 홀 등 대부분이 공개되어 있다.

기둥의 받침마다 동물의 우화가 조각되어 있거나, 이탈리아 화가 마테오 조바네티Matteo Giovannetti의 화려한 프레스코화나 정교한 도자기 타일로 꾸며진 벽 등을 볼 수 있지만 대부분은 텅 비어 있는 상태다. 하지만 웬일인지 이 거대한 석벽 안으로 들어와도 성스러움이나 경건함을 전혀 느낄 수 없다. 교황들의 침실 곳곳에는 금은보화를 보관하던 지하 금고가 따로 마련되어 있어 그들의 호화로우며 탐욕스러운 사생활을 짐작하게 할 정도니 오죽할까. 이곳을 둘러보면 신의 대리인이 아니라, 신을 밟고 올라서서 오히려 자기 자신을 신성시하고자 했던 교황들의 추악함만이 눈에 띈다.

교황청 북쪽으로는 1318년에 지어진 르 프티 팔레 Le Petit Palais 가 남아 있는데, 말 그대로 '작은 궁전'인 이곳은 한때 주교의 저택으로 쓰였다. 현재는 고딕·로마네스크 양식의 조각과 이탈리아 회화를 중심으로 중세의 걸작들이 전시된 미술관으로 사용되고 있다.

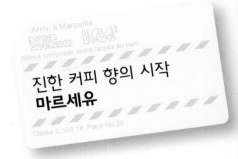

진한 커피 향의 시작
마르세유

Arriv. à Marseille
EXPIRES   01/31/12
2090628922   15342505
Billet à composter avant l'accès au train

Classe 2, Voit 18, Place No.33

프랑스에서 처음으로 커피를 수입해 마시기 시작한 곳이 이곳 마르세유
다. 1644년 마르세유는 알제리, 모로코, 튀니지 등의 이슬람 지역과
활발하게 물자를 거래했고 수입품 중엔 이집트산 커피도 있었지만, 커
피는 한동안 약재로 약국에서만 팔았다.

1650년경 마르세유의 거상 피에르 드 라 로크^{Pierre de la Roque}가 콘스탄
티노플^{지금의 이스탄불}을 여행하면서 커피를 가져와 주변 상인들과 나눠 마시
면서 음료로서 커피를 처음 알리기 시작했다. 또한 원두커피를 끓이
는 방법, 투르크인들이 커피를 마시는 커피하우스, 커피 음용 방법 등
이 소개된 장 드 테브노^{Jean de Thévenot}의 『동방 여행기』가 마르세유 부유
층에게 널리 알려지면서 커피가 일반 음료로 인식되기 시작했다. 커피
애호가가 된 로크는 1671년, 마르세유 상인거래소 주변에 카페를 열
었고 성공적으로 운영되자, 주변에 카페를 더 열며 커피의 대중화를
선언했다. 일찌감치 셈에 빨랐던 이곳의 상인들은 재빠르게 '오리엔탈

풍의 커피하우스'를 열기 시작해 카페가 우후죽순 생기기 시작했다.

그러나 이런 커피의 대중화가 못마땅한 이들이 있었으니 바로 와인 양조업자들이었다. 커피가 와인 산업을 몰락시킨다고 믿은 그들은 이 까맣고 요상한 냄새가 나며 잠을 달아나게 하는 음료가 몸에 치명적이라는 루머를 만들어냈다. 수많은 루머 중 많은 이들을 공포로 몰아넣은 것은 다름 아닌 '성욕감퇴'였다고 한다. 의사들까지 합세해 커피를 독약이라고 선언하자 커피의 유해성이 뜨거운 감자로 떠올랐다. 그러나 치열한 진실공방도 대세를 꺾을 순 없었고 커피는 점점 사람들을 매료시켰다.

파리 궁정에서 커피를 마시기 시작한 것은 마르세유에서 커피를 마신 지 5년이 지나서의 일이었지만, 루이 14세 집권 당시엔 이미 커피를 빼고 귀부인들의 티타임을 논할 수 없을 정도로 상류층에서 유행했다. 오리엔탈풍에 열광하는 그들 때문에 당시 마르세유에서는 최고가의 최상품 커피콩만을 수입했다. 귀부인들은 손님을 초대해 커피를 끓이고 같이 마시며 향에 취하고 그 맛에 젖어들었다. 얼마 지나지 않은 1686년, 파리의 코메디프랑세즈Comédie-Française 앞에 카페 프로코프Café Procope가 최초로 생겨 커피를 팔기 시작했고, 비슷한 커피하우스가 하나둘 나타나면서 파리 시민들도 커피를 마시기 시작했다. 물론 이 커피하우스들은 벽면에 큰 거울이 설치되어 있었고 크리스털 샹들리에가 드리워져 있으며 고풍스런 가구 위에는 은촛대가 놓여 있는 귀족적인 분위기로, 시민들이 드나들기엔 다소 부담스러웠다. 하지만 비엔나커피로 유명한 빈 사람들조차 1686년이 되어서야 커피를 처음 맛본 걸 생각하면, 프랑스에서 커피의 대중화는 다른 유럽 국가들보다 훨씬 앞

선 것이었다.

마르세유는 20세기 초에 파시즘을 피해 프랑스로 건너온 이탈리아인과 1917년 발발한 러시아혁명 직후 동유럽인들이 대거 유입되면서 점점 다민족, 다문화 도시로 성장해갔다. 특히 프랑스의 식민지 개척과 그 식민지들의 독립 과정에서 튀니지인, 알제리인과 베르베르인이 폭발적으로 늘어나, 현재 '아랍인들의 수도 마르세유'라 불릴 만큼 그 수는 압도적이다. 프랑스 아트사커의 중심에서 '마르세유 턴'이라는 환상적 드리블로 유명했던 지네딘 지단Zinedine Zidane도 이곳 출신으로 그역시 알제리계 프랑스인이다. 그러나 불행히도 이들 중 많은 사람들이 아직 하층민 생활에서 벗어나지 못하고 있어서 마르세유에서는 아랍인들을 비롯한 동유럽인들을 조심해야 하고, 영화 「프렌치 커넥션」처럼 실제 마약 관련 범죄가 많이 일어나 프로방스에서 가장 위험한 도시로 손꼽힌다. 프랑스인들도 마르세유 여행을 권하지 않을 정도니, 특히 혼자서 뒷골목을 다니거나 밤에 돌아다니는 것은 삼가야 한다. 때문에 옛 항구에서 커피 한 잔 마시는 것으로 이곳 여행은 충분하다. 진한 갈색의 크레마로 멋지게 덮인 강렬한 맛의 에스프레소는 주로 초콜릿이나 캐러멜 또는 버터가 첨가된 계피 과자와 함께 나오는데 이곳 사람들은 그 과자를 에스프레소에 푹 찍어 먹는 것을 좋아한다.

약 400년 전에, 커피가 수입되었던 마르세유 항구는 프랑스 제2의 도시답지 않게 투박한 어선들이 줄지어 있고, 항구 저편에선 이프'성으로 갈 채비를 서두르는 배가 보인다. 『삼총사』 『철가면』 『여왕 마고』로 유명한 알렉상드르 뒤마Alexandre Dumas의 소설 『몽테크리스토 백작』에 등장하며 전 세계적으로 유명해진 바로 그 성이다. 항구를 포위하는

듯 늘어서 있는 노천카페에 자리 잡고 앉으니 항구 뒤편으로 노트르
담드라가르드 성당의 종탑에 올라선 황금의 마돈나와 마주하게 된다.
바닷바람과 함께 방금 내려 섬세하고 풍부한 아로마가 감도는 에스프
레소를 한 잔 마시면, 이제 나폴레옹을 만나러 갈 시간이다.

캠핑카와
노부부

프로방스의 여름엔 별별 차량들을 다 볼 수 있다. 개인 크루즈에 자동차까지 실어 프로방스로 휴가를 오는 사람들 때문에 길거리에선 아랍어 번호판을 단 자동차뿐 아니라 러시아, 미국 번호판을 단 차량들도 종종 보인다. 그러나 제일 눈에 띄는 건 개성 있는 캠핑카들로, 이들은 주로 독일이나 벨기에, 영국, 이탈리아 등 유럽 번호판을 달고 있다.

캠핑카는 대부분 어린아이가 있는 젊은 부부나 대학생 들이 즐긴다고 생각하기 쉽지만 유럽의 캠핑카족은 대부분 은퇴자들이다. 이들은 은퇴 후 여유롭게 긴 여행을 계획하는데 숙박료와 음식 등의 기본 지출이 늘어나다 보니 자연스럽게 캠핑카 여행을 선호한다. 캠핑카 뒤에 오토바이나 자전거를 싣고 다니면서 실속 있게 여행을 하는 그들을 보면 정말 나이는 숫자에 불과하다는 생각을 하게 된다. "잘사는 것은 오래 사는 게 아니라 잘 늙는 것이다"라는 말을 이곳에서 실감한다.

한번은 노부부가 운전하는 한 캠핑카에 고양이와 강아지, 그리고 새까지 함께 여행하는 걸 본 적이 있다. 아이들은 다 결혼하거나 독립해서 각자의 삶을 살고 있기에 이젠 강아지, 고양이, 그리고 새가 그들의 새로운 가족이 되어 캠핑카를 타고 여행을 하는 그들의 삶이, 한편으론 쓸쓸하게도 한편으론 여유롭게도 생각되었다. 그리고 우리나라의 은퇴자들도 남들의 시선이나 자식들 눈치, 체면치레를 떠나 이런 삶을 즐기면 얼마나 좋을까 하는 생각을 해봤다.

언젠가 노인에 관한 다큐멘터리를 본 적이 있다. 80대 노인들에게 60대라고 생각하며 살아보라 하니 평소보다 빨리 걸었고 더 쉽게 계단을 올랐으며, 안경을 쓰지 않고도 신문을 읽었다. 어쩌면

'노인'이라는 말이 사람을 더 무기력하게 만드는 게 아닌가 싶다. 우리나라는 예순 살부터 노인으로 분류한다는데 평균수명이 길어지는 현대인에겐 너무 이른 게 아닌가 싶다. 이곳에서도 예순 살은 그냥 캠핑카 여행을 즐기는 아줌마 아저씨일 뿐이다. "나잇값을 못한다"는 표현도 싫다. 할머니는 미니스커트를 입고 화려한 매니큐어로 자신을 꾸미면 안 되나? 할아버지는 타이트한 셔츠를 입고 디스코를 추면 안 되나? 나이 들어 재밌게 논다고 왜 주책이 되는 것인지, 아직도 나는 그 미스터리를 풀지 못했다.

일단 늙은 사람이라는 뜻의 노인이란 말부터 없애고 새로운 명칭부터 만들면 좋겠다. 덜 젊은 사람 정도의 느낌이면 좋지 않을까. 노인의 분류도 여든 살이나 아흔 살부터로 조정하면 치매나 관절염, 골다공증 등 노인성 질병이 어쩌면 좀 줄지 않을까?

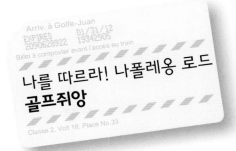

나를 따르라! 나폴레옹 로드
골프쥐앙

1815년 3월 1일, 나폴레옹 보나파르트^{Napoléon Bonaparte}는 엘바^{Elba} 섬에서 10개월 동안의 유배 생활을 마치고, 일곱 대의 배에 1,200명의 군대를 이끌고 골프쥐앙^{Golfe-Juan}이라는 프로방스의 작은 해안에 상륙했다. 경비가 삼엄하지 않은 작고 평화로운 어촌을 상륙지로 선택한 나폴레옹은 칸의 해변을 첫 주둔지로 삼고 100일간의 행군을 시작한다. 나폴레옹의 군대는 프로방스에서 파리로 가는 가장 빠른 길인 리옹을 선택하지 않고, 험준한 프랑스령 알프스를 넘어 파리로 진격한다. 직접 길을 내어가며 행진했음에도 그의 군대는 뉴스가 도착하는 것보다 훨씬 빠른 속도로 행군하며 칸에서 그르노블^{Grenoble}까지 불과 일주일만에 당도했다. 프랑스인들은 당시 왕이었던 루이 18세^{Louis XVIII}에게 강한 불만을 가지고 있었기에 날이 갈수록 나폴레옹을 지지하고 따르는 무리들이 많아졌다. 때문에 알프스를 넘어 진격하는 힘든 상황에서도 그의 군대는 점점 커졌고 막강해졌다. 행군 7일째인 3월 7일, 루이 18세가 보낸 군대가 나폴레옹 쪽으로 회유된 사실은 역사의 한 페이지를 장식한 유명한 일화다. 엘바 섬을 탈출한 지 불과 20일 만에 그의 군대는 파리에 도착했지만 영국, 러시아, 오스트리아, 프로이센으로 이루어진 제7차 대프랑스 동맹은 나폴레옹을 압박했고, 결국 워털루 전쟁에서 패한 나폴레옹은 세인트 헬레나^{Saint Helena} 섬으로 추방되고 만다.

비록 백일천하로 끝나긴 했지만, 사람들은 나폴레옹의 군대가 만들고 행군한 길을 나폴레옹 로드^{La Route Napoléon}라 부른다. 아직까지도 그 길 곳곳에는 그의 발자취와 기념물이 남아 있다. 특히 「호라티우스 형제의 맹세」와 「형장으로 끌려가는 마리 앙투아네트」 「마라의 죽음」으로 잘 알려진 프랑스 왕립 아카데미 최고의 역사화가 자크 루이 다비드^{Jacques-Louis David}가 그린 나폴레옹의 초상화가 눈에 많이 띈다. 특히 「세인트버나드의 나폴레옹」의 복제품이 장식된 건물들을 심심치 않게 볼 수 있어 어디서나 나폴레옹의 위엄이 느껴진다.

이 길은 1932년, 완전한 도로의 모습으로 재정비되어 N85번 국도로 재탄생했다. 이 도로는 엘바 섬을 탈출한 나폴레옹의 첫 도착지였던 골프쥐앙에서 시작해 칸, 그라스 등을 지나 그르노블에서 끝난다. 나폴레옹은 생사를 오가며 이 험한 알프스를 넘었겠지만, 그 화려한 자연경관에 힘입어 무사히 행군했으리라 추측할 정도로 아름다운 곳이다. 찬란한 지중해의 백사장에서 시작되는 나폴레옹 로드는 그라스를 지나면 점점 알프스 산악지대로 접어드는데 이 길 대부분이 국립공원이며, 유럽의 그랜드캐니언이라 불리는 베르동 협곡도 지나게 된다. 이 길은 봄이면 아몬드 나무, 벚나무와 자잘한 야생화가 만개해 로맨틱한 분위기가, 여름에는 옥빛 강물이 넘쳐 흐르는 계곡들을 중심

으로 짙푸름의 청량감이, 가을에는 해바라기와 라벤더가 흐드러지게
핀 평온한 전원 풍경이, 겨울엔 눈이 두텁게 쌓인 알프스의 봉우리들
이 각각 다른 매력을 선사한다. 또한 줄줄이 이어지는 작은 시골 마을
역시 그 포근함을 더한다.

　나폴레옹의 첫 상륙지였던 골프쥐앙의 해변에는 기념비가 세워져
있고, 아직도 매년 3월 초면 나폴레옹이 상륙했던 그날을 재연하는
행사가 열린다. 국제적인 규모는 아니지만, 나폴레옹이 배를 타고 골프
쥐앙으로 상륙하던 모습, 해변에 수십 개의 흰 텐트를 치고 주둔하는
모습, 나폴레옹 군대의 전투 모습을 재연하고 당시의 군대음악 콘서
트, 왕의 춤 공연, 나폴레옹에 관한 세미나 등이 열려 나폴레옹에 관
한 모든 것을 관람할 수 있다. 해변에서 수백 명의 사람들이 당시의 의

상과 무기 등으로 완전 군장하고 실감나게 전투를 재연하는 것이 특히 압권이다. 실제 대포와 총을 수백 발 쏘아가며 한 시간 반 동안 계속되는 전투 실연은 프랑스 역사의 한 페이지를 눈으로 직접 볼 수 있는 보기 드문 기회다.

프로방스에서는 나폴레옹의 흔적을 많이 볼 수 있다. 1793년에 영국-스페인 함대에 의해 점령당했던 툴롱이 당시 무명이었던 나폴레옹에 의해 수복되었고, 1799년에는 나폴레옹이 생라파엘에 머물렀다. 모나코에는 수세기 모나코를 지배한 그리말디 가와 보나파르트 가 사이의 가족관계를 보여주는 가계도와 나폴레옹의 의복, 조제핀과 함께 있는 초상화 등이 전시된 나폴레옹 기념관이 있으며 카프당티브^{Cap d'Antibes}에는 나폴레옹 박물관이 있다.

1707년 3월 31일 프랑스 파리. 앵발리드Les Invalides의 지하 묘지에 일흔네 살의 나이로 생을 마감한 한 남자가 안치되었다. 그는 루이 14세의 전 폭적인 신임을 받았던 요새 건축가 및 군사 엔지니어로 살아 생전 130 여 개의 요새를 건축했고, 160개 이상의 도시를 요새화시켰으며 군사 항구를 건축하는 등 그야말로 17세기의 프랑스 영토 전체를 요새화한 사람이다. 그는 절대왕정이 정점에 달했던 루이 14세의 70년이 넘는 재위 기간 중 프랑스가 참가한 모든 전쟁에 참전했고, 루이 14세가 직 접 최고 사령관으로 군을 지휘한 1672~79년의 네덜란드 전투에서도 큰 공을 세웠다. 오늘날의 준장 계급에 해당하는 '마레샬 드 프랑스 Maréchal de France'까지 오른 인물로, 그가 요새를 건축하고 50회 이상의 전 쟁을 치러내며 달린 거리는 10만 8,000킬로미터에 달한다. 바로 요새 건축술을 혁신한 프랑스의 공병장교 세바스티앵 르 프르스트르 드 보 방Sébastien Le Prestre de Vauban이다.

그는 17세기의 귀족으로 스물두 살에 군인 신분으로 엔지니어 자격증을 취득하고 천재적 재능과 부단한 노력으로 머릿속에 담아둔 요새의 개념들을 실현하기 시작한다. 그의 신개념 요새들은 당시 최고의 군사 전문가들뿐 아니라 루이 14세를 놀라게 했고, 그에게는 곧 프랑스를 방어하는 책임이 맡겨졌다. 보방은 전장을 떠나지 못하는 군인이자 연구를 그치지 않는 연구자였지만, 휴식이 필요한 부상 후의 회복 기간에도 프랑스 국경을 순회하면서 요새들을 점검, 보수하는 등 애국심과 사명감이 투철했다. 당시 프랑스는 유럽에서 가장 인구가 많은 나라였으며 정치·경제·문화 분야에 있어 유럽 전체에 큰 영향력을 행사했다. 프랑스어가 국제 외교 무대에서 공용어가 된 것도 이때부터다. 때문에 루이 14세는 국가의 기본이면서도 핵심인 군사력을 보강하고 키우는 데 힘을 쏟았고, 사명감을 가진 장교이자 휴머니스트이기도 한 보방을 총애했다. 1737년에 출판된 보방의 논문 「공성과 요새건설에 관하여」는 여러 권의 요새 건설 방식에 관한 설명서로, 요새 건축술의 전설이 되었다.

프랑스 어디에서든 요새화된 건물이나 도시를 본다면 일단은 보방의 솜씨라고 추측해도 좋다. 1667년부터 1707년까지 보방의 손을 거쳐 간 도시는 300여 개로, 그의 건축 목적과는 다르게 지금은 평화로운 분위기를 한껏 자아내며 이색적인 프랑스의 관광자원으로 남아 보존되고 있다. 보방의 도시 중 프로방스에는 콜마르Colmars, 툴롱, 생폴드 방스, 앙티브 등이 잘 보존되어 있어 '중세시대 요새에서 21세기를 사는' 흥미로운 장면을 연출한다. 특히 앙티브의 항구는 보방 항구라는 이름으로도 불리며 세계 각지의 요트 애호가들에게 사랑받고 있는

데, 항구의 끝자락에는 포르 카레^{Fort Carré}라는 보방의 사각 요새가 원형 그대로 남아 있어 이색적이다. 또 얼마나 정교하고 튼튼하게 지었는지, 툴롱은 보방이 건축한 군사 항구로 인해 현재까지도 프랑스 해군의 주둔지로 사용되고 있다.

그의 작품 중, 니스에서 한 시간 반 정도 북쪽으로 달려가면 만날 수 있는 앙트르보^{Entrevaux}는 보방 시^{Cité Vauban}라고 불릴 정도로 보방의 건축물임을 확실히 하고 있다. 알프스 산맥 끝자락에 위치한 이 요새는 한눈에 보기에도 어수선한 바깥 세계와 단절된 듯 단단한 성벽으로 둘러싸여 있다. 마치 섬처럼 사방에 물이 흐르고, 성으로 진입할 수 있는 단 하나의 입구마저 개폐식 다리를 통과하게끔 설계되어 그야말로 진입 자체가 어려운 난공불락의 요새다. 그러나 일단 5미터 상공에 만들어진, 바깥 세상과 연결되는 유일한 통로인 돌다리를 건너 성문을 통과하고 나면 완전히 다른 세상이 나온다. 조각돌을 다듬어 깔아놓은 길을 따라 오밀조밀한 집들이 안데르센의 이야기나 이솝 우화의 한 장면에 들어와 있는 듯 동화적 상상력을 불러일으킨다.

보방의 요새는 한번 그 거대한 성벽 안으로 들어오면 은근한 중독성이 있다. 답답함이나 두려움보다는 묘하게 안심이 되어, 편안함과 안락함까지도 느껴진다. 성문을 들어서면 21세기인 현재에도 중세시대 사람들의 생활상을 엿볼 수 있는데, 태어나 죽을 때까지 평생을 이 작은 성 안에 갇혀 산다고 해도 전혀 불편하지 않을 정도로 그야말로 모든 것이 갖춰진 완벽한 도시의 모습이 펼쳐진다.

여느 마을과 다를 바 없이 빵집에선 고소한 냄새가 진동하며 식료품 가게에는 갖가지 제철 채소와 과일이 예쁘게 진열된 일상의 모습을 어디서나 볼 수 있다. 그렇게 몇 개의 작은 골목들을 지나면 또 하나의 입구를 만나게 된다. 바로 영주의 영역으로 들어가는 문이다. 평지에 사는 평민들을 한눈에 굽어보고, 전시엔 적들을 관찰하기 좋은 꼭대기에는 영주의 성이 있다.

영주를 만나러 올라가는 길은 험난하다. 이 견고한 성에 침입했더라도 쉽게 영주의 성에 도달할 수 없도록 보방은 여러 겹의 안전장치를 마련해 이곳을 설계했다. 지그재그로 낸 좁다란 돌길을 따라 족히 30분은 걸어야 영주의 성에 도달하게 되어 있는데 경사도가 심해서 속도조차 내지 못한다. 뛴다고 하더라도 급격히 높아지는 고도와 성곽 너머 아찔한 풍경들 때문에 누구나 두려움을 느끼게 된다.

영주의 성에 조금씩 가까워질수록 시야는 점점 넓어져 어느새 대자연이 한눈에 펼쳐진다. 적들을 관찰하며 전시에는 총이나 활을 쏠 수 있도록 성곽 곳곳에 뚫어놓은 총안엔 제각각 색다른 풍경이 펼쳐져 마치 미술관에 걸린 다양한 풍경화를 구경하는 듯한 재미가 있다. 가을의 끝자락에서 그 명암을 달리하며 겹겹이 이어지는 알프스 산맥과 굽이쳐 흐르는 강물과 또 산에 촘촘히 박혀 있는 집들과 그 위로 피어오르는 연기, 총총걸음으로 지나다니는 사람들까지 한눈에 들어온다. 심지어 저 멀리 주차장에 비상등을 끄지 않은 자동차까지 훤히 보인다. 하늘 아래 어떤 것이든 움직이는 생명체는 눈에 띌 수밖에 없게끔 되어 있는, 그야말로 천혜의 요새다.

숨을 고르며 영주의 성에 도착하면 온몸을 휘감아 도는 차고 맑은 공기가 나를 맞이한다. 실제 영주의 성이었으며 전쟁 당시엔 지휘관들의 숙소였고 군사 작전지였으며 감옥까지 갖추고 있는 성은 맑은 날씨

에도 구석구석 으스스한 느낌을 간직하고 있다. 고도가 높은 산악지역인 탓에 강한 바람이 불어와 성곽 맨 위에 부대끼는 프랑스 국기는 빨간색이 찢긴 채 흰색과 파란색으로만 펄럭이고 있어 더욱더 기괴한 분위기를 자아낸다.

제1차 세계대전 때까지도 요새로써 그 기능을 발휘했던 이 성엔 독일군 포로를 가두던 지하실과 반 평도 채 안 되는 감옥들이 남아 있어 스산함을 더한다. 카메라 셔터를 누를 때마다 등골이 오싹하고 누군가 내 머리카락을 잡아당기는 느낌이 들기도 한다. 집에 가서 사진을 인화해보면 정체 모를 어떤 형체가 찍혀 있을지도 모른다는 불안감이 엄습해 지하실은 찍을 엄두도 못 낼 정도다. 오늘따라 방문객도 별

로 없어 내 발걸음 소리가 크게 울리는 통에 신경이 곤두선다. 수세기 동안 자신의 영역에서 평화를 유지하고자 노력했던 영주의 위대함보다 이런 첩첩산중 오지까지 끌려와 죽음의 공포를 맛보았을 타국의 포로들을 생각하니 끔찍한 장면들이 떠오른다. 실제로 요새에 들어서면 당시의 고문 장면을 똑같이 연출해놓아 전시의 생활상이 피부로 느껴진다. 지

금은 텅 비어 더 오싹하게 느껴지는 지휘관들의 방, 작전을 논의하는 방, 교도관들의 숙소 등이 줄줄이 이어지고 그 끝에 작은 예배당이 나온다. 수세기 동안 혹독한 역사를 견딘 작은 스테인드글라스가 평화롭게도 붙은 작은 창문, 나무로 만든 십자가, 기도서, 재단 등이 남아 있는데 이 작은 공간에서는 결연한 느낌마저 전해져온다. 기도에 앞서 불을 붙였을 두꺼운 양초와, 신 앞에 무릎 꿇고 기도를 하던 의자를 보니 죽느냐 사느냐의 기로에 서서 필사적인 기도를 하는 누군가의 모습이 그려졌다. 수많은 군사들을 통솔하는 용감한 지휘관일지라도 한낱 인간이었으며, 그도 어디엔가 의지할 곳이 필요했으리라는 생각에 숙연해지기까지 한다.

예배당을 나오니, 어디선가 먹구름이 몰려와 서둘러 내려갈 채비를 한다. 성에서 내려오는 길 또한 만만치 않다. 오르막에 날 힘들게 했던 가파른 경사면은 내리막에 더 큰 공포로 다가와 과연 보방이다 싶은 생각이 든다. 적의 침입도 쉽지 않지만 포로가 무사히 탈출하는 일도 없었을 테니 말이다. 성곽 너머의 풍경은 고요하고, 해는 구름 속에 갇혀 사위가 점점 어두워져 간다. 가을의 문이 서서히 닫히고 있다.

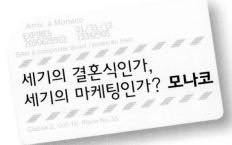

Arriv. à Monaco
EXPIRES 01/31/12
2090628922 19342905
Billet à composter avant l'accès au train

세기의 결혼식인가,
세기의 마케팅인가? **모나코**

Classe 2, Voit 18, Place No.33

"내 궁전은 혼자 지내기에 너무 넓어요." 모나코 왕자 레니에르 3세[Prince Ranier III]는 그레이스 켈리에게 12캐럿의 다이아몬드 반지를 건네며 이렇게 청혼했다.

할리우드 여배우의 신데렐라 스토리는 전 세계인의 이목을 모나코로 집중시켰고, 그 결과 세계에서 두 번째로 작은 이 나라는 누구나 가보길 꿈꾸는 신비로운 관광대국으로 급성장했다. 그러나 이 동화 같은 러브스토리는 사실 1950년대 재정악화로 프랑스에 합병될 위기에 놓여 있던 모나코를 구하고자, 당시 모나코 재정의 실권자였던 그리스의 선박 왕 오나시스[Aristotle Onassis]가 만든 시나리오였다. 마케팅의 천재였던 오나시스는 레니에르 3세가 미국의 유명 여배우와 결혼하면 미국의 관광객을 유치하여 악화된 재정 상태를 회복할 수 있을 것이라 믿었다. 그는 아카데미 여우주연상 수상자로 미국 국민들의 열렬한 사랑을 받으면서도 지적인 이미지를 풍기는 배우 그레이스 켈리를 낙점

하고 미국으로 건너가 이 마케팅에 그녀를 직접 섭외하는 능력을 발휘한다. 그리하여 1954년, 그레이스 켈리는 화보사진을 찍는다는 명목으로 모나코를 방문해 레니에르 3세를 만난다. 그리고 다음 해 5월 칸 국제영화제를 구실로 두 번째 만남을, 그리고 미국에서 레니에르 3세의 청혼을 받음으로써 시나리오의 하이라이트인 세기의 결혼식이 치러진다.

결혼식 당일, 이 작은 왕국은 2만 5,000여 명의 팬들과 2,000여 명의 취재진으로 터져나갈 지경이었으며, 이례적으로 생중계된 이들의 결혼식은 전 세계 3,000만 명이 넘는 사람들을 텔레비전 앞에 모이게 했다. 오나시스의 호화 크루즈를 타고 떠난 50일간의 신혼여행도 전 세계 신문 1면을 장식하며 한동안 이 세기의 결혼식이 화제의 중심이 된다. 과연 오나시스의 계획대로 바닥을 치던 당시 모나코의 재정 상태는 회복되었을 뿐만 아니라 관광객이 급증해 국고에 돈이 쌓이고 넘치는 지경에 이른다. 100퍼센트 의료보험 혜택, 국민 모두가 아파트와 일자리를 제공받는 꿈의 나라, 그야말로 유토피아로 거듭난다. 그리고 현재까지 오나시스의 마케팅은 그 효력을 발휘하며 모나코는 몰려드는 관광객으로 행복한 비명을 지르고 있다.

그레이스 켈리는 3명의 아이들을 낳으며 행복한 결혼생활을 이어나가지만 1982년 가을, 스테파니 공주와 함께 서커스를 구경하고 집으로 돌아오던 중 교통사고로 이른 죽음을 맞이한다. 모나코가 '어른들을 위한 동화의 나라'로 아직까지 신비한 이미지를 간직하고 있는 건 어쩌면 이 세기의 로맨스가 비극으로 끝났기 때문일 것이다. 그렇기에 더더욱 많은 사람들에게 회자되어, 그들의 로맨스는 영원히 끝날 것

같지 않다.

반세기가 지난 오늘도 그레이스 켈리와 레니에르 3세의 결혼식이 열렸던 성당과 왕궁에는 그들을 추억하는 사람들의 발길이 끊이지 않고, 몬테카를로 카지노 앞은 연일 호화스러운 모나코를 한 장의 사진으로 간직하려는 관광객들로 북적이며, 그레이스 켈리의 장미 공원은 엽서에 담겨 전 세계로 팔려나간다. 부유한 나라의 호사스러움과 세기의 러브스토리는 모나코의 대표 이미지로 남아 로맨틱한 이미지에 신비로움까지 풍긴다.

오나시스, 당신을 진정한 마케팅의 신으로 인정합니다!

기차 타고
역사 속으로

프로방스의 역사를 따라 여행하려면, 기차를 타고 오랑주부터 아비뇽―마르세유―골프쥐앙―그라스―앙트르보―모나코 순으로 둘러보는 것이 제일 빠르고 편리하다. 기차의 종류는 테에아르와 테제베 TGV가 있는데, 지역 기차인 테에아르는 거의 모든 역에 서기 때문에 느리지만 단거리 여행에 제격이고, 테제베는 대도시의 큰 역에만 정차하는 불편함은 있지만 고속열차라 장거리 여행에 적합하다.

약 30킬로미터 거리인 오랑주―아비뇽처럼 짧은 구간은 기차가 15~30분마다 있어서 편리하며 예매도 필요없다. 앙트르보로 가는 유일한 교통수단은 알프스산맥을 따라 니스―디뉴 구간을 오가는 피뉴 기차다. 여름엔 두 량 운행을 하지만 그 외엔 한 량만 움직이며 시속 40킬로미터의 속력으로 천천히 움직이며 다채로운 풍경을 펼쳐 보여 감동적이다.

장거리 여행은 똑같은 구간이라도 계절과 날짜, 요일, 좌석 등급은 물론 시간에 따라 가격이 천차만별이어서 한두 달 전에 예매하는 것이 경제적이다. 비수기인 겨울, 평일, 2등석, 이른 아침의 조건을 만족할수록 가격은 내려가고 여름, 주말, 1등석, 오후일수록 비싸다. 또 같은 구간도 테제베로는 30분이 걸리는 반면, 테에아르로는 정차하는 역 수에 따라 45분에서 2시간까지 걸리기도 해서 예매할 때 시간 확인이 필수다. 아비뇽엔 2개의 기차역이 있고, 마르세유에는 무려 6개의 기차역이 있는 만큼 역 이름도 잘 따져봐야 한다. 2등석도 쾌적하고 안전하기 때문에 군이 1등석을 고집할 이유는 없지만 금연 여부는 꼭 확인해야 한다.

• 기차 정보(편도 기준)
www.voyages-sncf.com

구간	시간	요금
오랑주– 아비뇽	20분	5.50~10€
아비뇽– 마르세유	40분	18~28€
마르세유– 골프쥐앙	2시간 (1회 환승)	27~47€
골프쥐앙– 그라스	35분	5~7€
그라스– 모나코	1시간 30분	11~15€
니스– 앙트르보	1시간 30분 (하루 다섯 차례 운행)	9€

• 피뉴 기차
cccp.traindespignes.free.fr

| 그 외 |

• 오랑주 고대극장
www.theatre-antique.com/fr/orange
_고대극장 + 예술·역사 박물관
  관람 시간 : 10시~18시
  요금 : 8€
• 아비뇽 교황청
www.palais-des-papes.com
  관람 가능 시간 : 9시~20시
  요금 : 비수기 8.50€, 성수기 10.50€
• 골프쥐앙 나폴레옹 재연 행사
www.napoleon.golfe.juan.free.fr
  축제 기간 : 3월 첫째 주 또는 둘째 주
  주말 요금 : 무료
• 앙트르보 www.entrevaux.info
  영주의 성 관람 요금 : 3€

| 그 외 도시 사이트 |

• 모나코 www.visitmonaco.com
• 마르세유 www.marseille.fr
• 그라스 www.ville-grasse.fr

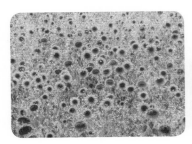

7장

동화 속 마을,
천천히 걷기

라마뒤엘 | 방돌 | 무쟁 | 구르동
생폴 드 방스 | 빌프랑슈쉬르메르

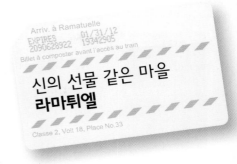

Arriv. à Ramatuelle
EXPIRES   01/31/12
2090628922   19342905
Billet à composter avant l'accès au train

Classe 2, Voit 18, Place No.33

신의 선물 같은 마을
라마튀엘

휴식이 가장 필요한 사람은 '여행에서 방금 돌아온 사람'이라고 한다. 그 만큼 여행의 설렘은 때론 낯선 곳의 긴장과 부담으로 다가오기도 한다. 그러나 이곳에 오면 얘기가 달라진다. 중세를 산책하는 쉼표 같은 여행이다. 피로는 없다, 오래가는 여운으로 고생할 뿐.

  라마튀엘^{Ramatuelle}로 가는 길. 수확철의 포도밭 사이로 좁게 난 국도를 슬렁슬렁 운전하면, 알알이 여물은 보랏빛의 포도송이들이 달리는 자동차 안에서도 보인다. 창문을 열자마자 온몸을 휘감아 도는 싱싱한 공기의 무게에 머리는 헝클어지고 마음이 한껏 들뜨면 음악이 필요하다. 라디오에선 마침 달달한 목소리로 사랑을 찾는 파트리크 브뤼엘^{Patric Bruel}이 막 노래를 끝내고 박수갈채와 함께 퇴장한다. 그러면 어느새 내 옆자리에 앉아 예쁘게 꼰 다리 위로 통기타를 튕기는 금발의 여인, 담백한 기타 선율을 타고 카를라 브뤼니^{Carla Bruni}의 목소리가 고스란히 창밖에 스며든다. 선물 포장지를 벗기듯 하나씩 나타나는 놀라운 풍

경을 파고들다 보면, 어느새 산꼭대 기에 위치한 라마튀엘이 중세 모습 그대로 나타난다.

지중해를 한눈에 굽어보는 이 마을로 들어서자마자 사라센인들이 왜 이곳을 '신의 선물'이라 이름 지었는지 알게 된다. 관광객이 최고조에 달하는 8월에도 이 앙증맞은 마을은 적당히 활기를 띨 뿐, 부대끼거나 북적거리지 않는다.

마을을 한 바퀴 천천히 둘러보아도 30분이 채 안 될 정도로 작아, 망설임 없이 좁다란 골목들을 기웃거리며 맘껏 길을 잃어도 좋다. 그어느 골목에서도 외딴 미궁 속에 내팽개쳐진 기분이 들지 않는 것은 요새 안의 모든 길이 서로 통하기 때문이다. 머릿속에 내내 맴돌던 카를라 브뤼니의 노래를 흥얼거리며 네모난 돌로 다듬어진 골목골목을 유연히 꺾어져 들어간다. 강렬한 붉은 지붕 밑, 채도가 각기 다른 파란색 나무 덧문들, 로즈마리 나무 울타리가 있는 프로방스의 전형적인 가정집들. 그 울타리를 훌쩍 넘어 밖으로 몸이 반쯤 나온 덩치 큰 아몬드 나무. 시간이 멈춘 중세의 마을 위에 자연스레 터를 잡고 사는 현대인들의 일상에 잠시 오묘한 기분이 든다.

오후 2시, 프로방스의 매력을 마구 뿜어내는 작은 레스토랑들을 둘러본다. 서너 개의 메뉴판을 꼼꼼히 훑어보고 '오늘의 요리'가 맘에 드는, 노란 지붕의 레스토랑으로 들어가 테라스에 자리를 잡는다. 마치 그려놓은 듯 잘 정돈된 콧수염을 가진 할아버지가 세프이자 파티셰 겸 웨이터로 변신해 멀티플레이어로 활약하는 멋진 동네 레스토랑이다. 간단히 주문해도 서빙에서 식사까지 두 시간이 걸린다는 단점도 여유로 생각할 수 있도록, 아련히 빛나는 풍경이 시야를 가득 채운다. 슬슬 배가 고파질 무렵 옆 테이블에 앉아 힐끗힐끗 나를 쳐다보는 연푸른 눈동자의 시선이 살짝 느껴진다. 햇볕에 타 벗겨진 콧등이 갈색 앞머리와 비슷한 색깔이 된 꼬마 숙녀는 나와 눈이 마주치니 엄마 뒤로 숨으며 샐쭉 웃는다.

여행할 땐 긴장감 또는 어색함으로 멀리 떠나온 것을 실감하게 되지만, 이곳에서는 좀처럼 그런 감정이 생기지 않는다. 탱탱한 토마토에 부드러운 염소젖 치즈를 얹은 샐러드와 얼음을 가득 채운 로제와인 한 잔을 곁들여 느긋한 점심 식사를 마치고 나니, 플라타너스 그늘을 이불 삼아 노곤한 낮잠을 청하고 싶다.

마침 요새 입구에 위치한 빵집에서 바게트 굽는 냄새가 오밀조밀 골목에 들어선 가게 사이를 가득 메운다. 해시계가 붙은 인포메이션 센터, 17세기에 지어진 성당, 매일 아침 노천시장이 서는 광장까지 행복한 고소함으로 가득해지면, 이제 그만 일요일 오후의 나른한 풍경 안에서 걸어 나온다. 중세시대부터 몇 백 년 동안 한결같았을 늦여름의 고즈넉한 풍경이다. 바삭하게 구워진, 고소한 아몬드 파이 향기가 나를 배웅한다.

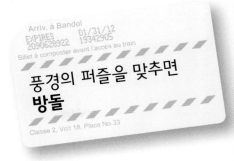

풍경의 퍼즐을 맞추면
방돌
Arriv. à Bandol
EXPIRES   01/31/12
2090628922   19342905
Billet à composter avant l'accès au train
Classe 2, Voit 18, Place No.33

작열하는 8월의 태양 아래 건장한 플라타너스가 찬란한 터널을 이루는
오솔길을 달린다. 사방으로 뻗어 있는 포도밭 한가운데엔 프로방스
의 거친 바람과 그보다 더 거친 햇빛에 잘 길들여진 회갈색 벽돌집들
이 있어 프로방스의 전원 분위기를 완성시킨다. 전형적인 시골 풍경에
서 벗어나 해변으로 접어들면, 로마 시대에 지어진 수로를 통과해 이
작은 마을 방돌Bandol에 들어선다. 마을 어귀에 자리 잡은 유랑 서커스
단의 뾰족한 빨간색 천막과 그들의 마스코트인 사자가 '어흥' 하는 포
스터가 눈에 들어온다. 그리고 건너편 해변의 오색찬란한 파라솔들이
'방돌은 시즌 중'임을 알려준다.

　프로방스의 해변들은 각자 개성 있는 얼굴을 하고 있다. 고운 백사
장이 펼쳐진 해변부터 앙증맞은 몽돌이 예쁜 소리를 내는 해변, 산호
가 발달해 낙지와 성게도 잡을 수 있는 산호 해변이 있는가 하면 낚시
에 안성맞춤인 곳도 있다. 방돌에 오면 그 여러 가지 재미를 욕심껏 고

를 수 있다. 태양이 익어가는 농도와 바람의 변덕에 의해 방돌의 해변
은 수만 가지 표정으로 바뀌기 때문이다.

　대자연을 이렇게 작은 해변으로 마주하면, 어떤 이는 깊은 위로를
받을지도, 어떤 이는 진한 사랑을 하고 싶을지도 모른다. 나는 이곳에
올 때마다 난데없는 그리움이 솟구친다. 어른이 되면서 철이 든다는
건 다 거짓말이라고, 내가 여든이 되어서도 이런 장면 앞에선 주책없

이 생각나는 사람이 있을 거라고……. 그저 겉만 나이를 먹을 뿐 감정
은 나이를 먹지도 무뎌지지도 않는다는 것을 새삼 느낀다.

1년 365일 비 오는 날을 제외하고는 해변에서 수영하는 사람을 볼
수 있고, 겨울엔 휴양지라기보다는 요양지에 가까운 평화로움과 고요
함까지 느낄 수 있는 곳이 방돌의 해변이다. 워낙 와인으로 유명한 마
을이어서 와인 박물관과 주변의 샤토를 방문하러 오는 사람들이 많기

에 상대적으로 해변은 조용하다. 그래서 방돌에선 한여름에도 느긋하게 해변에 누워 시원한 방돌 와인을 마시는 것으로 세상의 모든 행복을 누릴 수 있다. 또 작고 네모난 돌이 촘촘히 깔린 마을 골목에 들어서면, 테라코타 색으로 지어진 별장들이 이색적인 풍경을 선보인다. 하얗고 파란 나무 덧문이 느긋이 열려 있는 여름 빌라들이 지중해 마을의 전형적인 평화로움을 마음껏 드러낸다. 프로방스 건축물의 특징인 나무 덧문은 유리 창문 바깥으로 덧댄 나무 창문인데, 겨울에는 매섭게 부는 바람인 미스트랄로부터 유리를 보호하고 여름에는 뜨거운 태양을 조절하는 목적으로 쓰인다. 기능성과 함께 집의 특성과 개성을 결정짓는 장식으로서도 전혀 손색없다. 가끔은 집의 가구 배치를 달리하고, 새로운 장식품을 놓아 분위기를 전환하는 것처럼, 프로방스 사람들은 덧문의 색깔을 바꾸는 것만으로 새로운 분위기를 낸다.

여러 가지 파스텔 톤의 나무 덧문들을 구경하며 주택가를 벗어나면, 나무를 깔아 길을 낸 해변 산책로를 만난다. 해변을 향해 맨발로 질주하는 소년들, 지쳐서 혀가 땅바닥에 닿을락 말락 하는 잭 러셀 테리어 종의 강아지를 데리고 산책하는 아저씨, 둘둘 만 돗자리와 커다란 아이스박스, 긴 파라솔과 편안한 접이 의자 등으로 완전 무장을 하고 해변으로 행군하는 젊은 연인이 지나간다. 그들을 따라 나도 해변으로 내려가니 호수같이 잔잔하기만 한 바다 표면에 미동 없이 떠 있는 요트들이 시야를 가득 채운다. 화려한 파라솔 밑으로 낮 뜨거운 표지의 연애소설에 푹 빠져 있는 반라의 여인들, 곱고 흰 모래를 얇게 나눠 덮고 단잠을 청하는 노부부, 앙증맞은 핑크색 모종삽으로 모래성을 만드는 아이들.

바다가 이 퍼즐 조각들을 하나하나 끌어안으면, 비로소 완벽한 하나의 풍경이 완성된다. 그 안에 느린 바람도 한 점, 잔잔한 파도소리도 몇 번 들어 있다. 따가운 햇살에 몸을 맡기고 그 아름다운 풍경 속에 나도 오롯이 머물러본다.

미식가의 마을
무쟁

맛있는 향기로 가득한 자그마한 마을, 무쟁. 칸에서 북쪽으로 15분간 차를 몰면 소나무, 올리브 나무 그리고 사이프러스가 빼곡한 오래된 마을에 들어서게 된다. 해발고도 260미터의 언덕 위, 중세 성벽 안의 구시가에는 장 콕토, 이브 클랭, 세자르 발다치니Cesar Baldaccini, 이브생로랑, 크리스찬 디올Christian Dior, 윈스턴 처칠Winston Churchill, 카트린 드뇌브Catherine Deneuve 그리고 에디트 피아프까지 다 열거하기도 벅찬 예술가들의 흔적이 남아 있다. 파블로 피카소는 이곳에서 생애의 마지막 12년을 보냈으며 이곳에서 죽었다.

360도 파노라마로 즐길 수 있는 무쟁의 풍경을 보면, 왜 수많은 예술가들이 이곳을 사랑했는지 알 수 있는데, 남쪽으로는 지중해가 펼쳐지며 칸 앞바다에 위치한 두 개의 섬 레랑Îles de Lérins이 한눈에 들어온다. 북쪽으로는 향수의 마을 그라스와 프랑스령 알프스 산자락들이 장엄히 펼쳐져 겨울에는 눈 쌓인 장관을 볼 수 있다. 또한 구시가

는 숲으로 둘러싸여 언제나 평화로운 전원 분위기를 느낄 수 있다. 마을에 들어서면 잘 마모된 돌길을 따라 부는 맑은 바람이 달기만 하다. 고요한 광장의 작은 분수에선 바삐 몸을 단장하는 새소리가 햇빛에 잘게 부서지고, 여름에도 한산한 골목은 예쁜 빵집과 카페, 꽃가게, 패브릭을 파는 상점들로 아기자기함이 넘쳐난다. 또 미술관들과 프로방스식 소품을 만들어 파는 공방, 색색깔의 도자기 공방, 무쟁 사진 박물관 등 알찬 볼거리도 많다. 예술가들의 사랑을 듬뿍 받은 곳답게 이 조그만 마을 구석구석이 예술로 가득하다.

그렇지만 뭐니 뭐니 해도 21세기의 무쟁은 미슐랭 별을 요리하는 유명 셰프들과 그들의 레스토랑들로 명성이 높다. 먼저 세계적으로 유명한 프렌치 셰프, 로제 베르제Roger Vergé와 알랑 뒤카스Alain Ducasse의 레스토랑 라망디에L'Amandier가 구시가의 심장부에 위치하고 있어 사람들의 미각을 자극한다. 이 레스토랑은 중세시대에는 생도노레 재판소로, 18세기와 19세기에는 풍차였던 건물을 그대로 사용하고 있어 고풍스런 분위기가 물씬 풍긴다. 피카소의 단골 레스토랑이었던 라 플라스 드 무쟁La Place de Mougins도 오랜 역사를 가지고 있는데, 현재는 셰프 드니 프티송Denis Fetisson이 2개의 미슐랭 별을 반짝이며 까다로운 미식가들의 입맛을 요리하고 있다. 구시가 바로 밑에 위치한 물랭 드 무쟁Moulin de Mougins 역시 로제 베르제가 1969년 시작한 가스트로노미Gastronomy, 정통 프랑스식 식당 레스토랑으로, 현재는 2개의 미슐랑 별을 가지고 있는 젊은 셰프 세바스티앙 샹브루Sébastien Chambru의 요리를 맛볼 수 있다. 이곳에선 호텔도 운영하고 있어 테마가 다른 여러 개의 연회장, 정기적으로 열리는 요리 교실, 부티크가 있으며 조각상을 전시한 정원도 따로 마련되어 수준 높은 예술작품들로도 유명세를 떨치고 있다.

가스트로노미 레스토랑에서는 크고 화려한 접시 위에 천사의 눈물이라 불릴 만큼 양이 적은 요리가 올라간다고 생각하는 사람들이 많다. 그러나 무쟁에선 얘기가 달라진다. 니스 요리 혹은 프로방스 요리를 표방하는 이곳 레스토랑들에선 모든 요리가 인심 후한 '푸짐한' 사이즈로 나온다. 때문에 입맛은 미식가지만 식사량은 대식가인 사람들도 충분히 환호할 만하다. 올리브 열매를 갈아 만든 소스와 루베롱 산기슭의 멧돼지 구이, 라벤더를 넣은 아이스크림, 양념 없이 화덕에 구운 지중해의 생선 요리들이 지방색을 물씬 풍긴다. 요리뿐만 아니라 레스토랑의 장식 또한 품격이 있으면서도 프로방스만의 따뜻하고 전원적인 면을 십분 살려, 멋지지만 어딘지 모르게 건조한 느낌이 나는 대도시의 레스토랑들과는 차별화를 두었다.

명성에 걸맞게 매년 9월 무쟁에서는 국제 가스트로노미 페스티벌International Gastronomy Festival of Mougins이 개최되어 한 달 내내 유명 셰프들이 맛있는 향기를 지지고 볶는다. 또 칸 국제영화제 기간에는 많은 할리우드 스타들이 이곳에서 파티를 즐기기 때문에 파파라치와 영화 팬 들로 장사진을 이룬다.

무쟁의 구시가, 그 꼭대기에서 화려한 미식의 세계를 탐닉하다 보면 아련함과 생생함이 교차하는 대자연이 '풍요와 고요를 마음껏 누릴 수 있음을 선언하노라!' 하고 외처대는 듯하다.

**부대끼고
싶지 않아**

죽기 전에 꼭 가봐야 할 100곳을 뽑은 책들이 한창 인기를
누렸다. 그러나 막상 유명 여행지에서 실망하고 돌아오거나 오
히려 나쁜 이미지만 잔뜩 가지고 돌아오게 되는 경우도 허다하
다. 북적이는 관광객에 떠밀려 다니거나 호객 행위를 하는 장
사꾼과 실랑이를 해야 한다거나, 관광객에게 두 배 넘는 바가
지 요금을 물리는 가게 등 짜증을 불러일으키는 일이 한두 가
지가 아니다. 나만의 조용한, 혹은 연인만의 오붓한 시간은 없고 전 세계에서
몰려든 수많은 사람들의 틈바구니에서 정신만 쏙 빼다 온 것 같다. 특히나 그
런 곳은 소매치기나 집시들의 활동 무대니 자칫 여권이나 지갑을 분실하게 되
는 날엔 정말 낭패가 아닐 수 없다. 특히나 유럽 유명 관광지에서 동양인은 표
적 제1순위라 돈이나 지갑, 물건을 소매치기 당했다는 친구나 지인의 이야기
를 누구나 한 번쯤은 들어본 일이 있을 것이다. 또 유럽의 집시들은 가족 단위
의 지능범으로 그 소매치기 수법도 날로 교묘해지며 발전하고 있다!

그러나 프로방스는 예외다. 칸이나 앙티브, 니스 등 프로방스를 대표하는
휴양도시엔 호객 행위나 바가지요금이 없다. 물론 호텔은 성수기 요금과 비수
기 요금의 차이는 있지만 음식 가격이나 상품 가격은 1년 내내 같다.

단순히 물가가 비싼 것일 뿐, 바가지를 쓴 게 아닐까, 동양인이라고 가격을
비싸게 부르지 않았을까 하는 의심은 버려도 좋다. 또 유럽에서도 혼자 여행
하기가 유난히 불안한 도시들이 많다. 그러나 프로방스는 홀로 여행하기에도
적합한 곳이다.

난 혼자 하는 여행을 좋아한다. 새로운 풍경과 새로운 문화도 좋지만 새로
운 친구를 만들며 여행하는 재미와는 비교할 수 없다. 그러나 춥고 삭막한 겨
울에 혼자 동유럽을 여행하면서 나는 혼자 하는 여행은 꼭 따뜻한 나라에서
해야 한다고 생각했다. 여행의 낭만이 날씨에 따라 궁상이 될 수도 있고 홀가

분한 여행이 외로움과 우울로 청승맞은 여행이 될 수도 있으니까. 또 새로움을 만나는 설렘보다는 두려움이 앞설 수 있다. 추적추적 비는 오는데 으슥한 골목에서 현지인을 만났을 때 "너 어디서 왔니? 혼자니?"라는 질문을 받게 되면 '이대로 새우 잡이 어선으로 끌려가는 거 아니야?' 하는 생각이 먼저 떠오르니까. 그러나 프로방스는 겨울에도 해안 지방은 따뜻하고 밤이면 크리스마스 장식이 어디나 화려하게 빛나기 때문에 혼자서도 운치 있는 여행을 할 수 있다. 누가 말을 걸어오는 것이 부담스럽고 불안하다면 먼저 다가가 말을 걸어 보는 건 어떨까?

LA
POTERIE
DE
GOURDON

낭만 가득한 철벽요새
구르동

사람은 환경에 따라 전혀 다른 인상으로 변하곤 한다. 때문에 우울증이
나 무기력증을 호소하는 표정 없는 현대인들에게는 '프로방스 여행'이
란 처방전이 필요할 것 같다. '꼭 구르동^{Gourdon}에 들릴 것'이라는 각주
를 달아서. 다량의 건강보조제를 장기 복용하는 것보다 훨씬 빠르고
효과적으로 몸과 마음을 안정시키고 삶의 균형을 찾을 수 있는 곳, 편
안한 인상에 자연스런 미소를 머금을 수 있는 곳이 바로 구르동이다.

  니스 국제공항이나 칸에서 자동차로 약 한 시간 정도, 꼬불꼬불한
길을 가다 가파른 절벽을 따라 올라가면 해발고도 760미터 높이에 위
치한 구르동에 닿는다. 멀리에 니스와 앙티브, 칸이 한눈에 보이고, 그
앞에 펼쳐진 지중해 위로 흰 요트까지 선명히 보인다. 새파란 수영장
이 먼저 눈에 띄는 고급 별장과 고택 들이 여기저기 보이고, 하늘엔 빨
간색, 파란색, 노란색의 행글라이더가 둥실 떠간다. 마음이 탁 트이는
것 같다. 아이러니는 이 환상적인 절경 때문에 평화로운 이곳에 수난

의 역사가 시작되었다는 것이다. 구르동은 작지만 요긴한 군사적 요충지로 바다에서 들어오는 외세의 침략을 방어하는 최적의 장소였다. 때문에 수세기 동안 소유권 다툼이 끊이지 않아서 12세기부터 성벽 건축이 시작되었지만 전쟁으로 허물어지고 보수되기를 수차례, 18세기에 이르러서야 완벽한 성곽의 모습을 갖출 수 있었다. 중세엔 로마인들과 프로방스를 지배하던 영주들이 구르동을 사이에 두고 뺏고 뺏기는 전쟁을 일삼았으며, 계약서를 만들어 돈으로 거래하는 등 소유주가 여러 번 바뀌었고 제1차 세계대전 당시엔 어느 미국인 개인의 소유가 되기도 했다. 그러나 곧 제2차 세계대전의 시작과 동시에 독일군에게 점령당했고, 전쟁이 끝난 후 1950년부터는 공식적으로 프랑스령이 되었다.

이 요새 도시 안에는 주민들이 실제 거주하고 있으며 우체국, 성당, 인포메이션 센터, 미술관 등 한 마을로서의 면모를 모두 갖추고 있다. 4월부터 10월까지는 관광객들로 활기에 넘치며 향수의 마을인 그라스와도 가까워 이곳에서도 역시 프로방스의 향토 식물로 만든 향수, 비누, 방향제, 아로마 오일 등을 흔히 볼 수 있다. 구르동의 가게에서 쉽게 구입할 수 있는 이러한 제품들은 큰 회사의 라벨이 붙어 있는 것이 아니라 수작업으로 만들어낸 것들로, 투박하지만 실속 있는 제품들이 꽤 많다. 또한 정원이나 테라스에 설치하는 해시계와 각종 화분, 그리고 프로방스를 대표하는 도마뱀, 매미, 올리브 나무 형상의 테라코타 제품들이 판매되고 있어 구석구석 볼거리도 많다. 아이스크림을 들고 몇 개 안 되는 골목들을 누비면 몇 백 년 동안 닳고 닳아 이제는

햇빛을 반사시키기까지 하는 돌길에서 낮잠을 자는 고양이를 만나기도 하고, 창턱에 오른 소박한 화분을 구경할 수도 있다. 높은 곳에 위치한 만큼 겨울에는 프로방스 해안지방에서는 보기 드물게 가끔 눈이 쌓이기도 한다.

구르동 전망대 바로 앞에는 이 마을에서 가장 멋진 풍경을 마주한 우체국이 있다. 우체국 앞의 낡은 벤치에 앉아 이 풍경을 어루만지다 보면 누구나 말랑말랑한 그리움이 솟구쳐 엽서를 사게 된다. 제아무리 글재주가 없고 말주변이 없는 사람이라도 마법처럼, 서슴없는 애정 표현과 낯 뜨거운 그리움의 단어들로 단숨에 엽서 한 장을 가득 채우게 된다. 그 수위는 '훗날 이 엽서를 보게 된다면 죽어버릴지도……'라고 생각하게 될 정도지만. 이제 손발이 오그라드는 엽서가 준비되었다면 우표를 고를 차례다. 프랑스어권 나라뿐만 아니라 세계적으로 꾸준히 사랑받는 인기 만화『탱탱Tintin』이나『아스테릭스Astérix』시리즈의 캐릭터들이 생생히 살아 있는 만화 우표를 구입해도, 혹은 프로방스의 명소를 담아놓은 사진 우표를 골라도 좋다. 여분의 우표가 남았다면, 이곳의 태양을 엽서 가득 담아 자신에게 보내는 것도 좋겠다. 프로방스에서 돌아와 여행의 긴 여운으로 고통 받고 있을 미래의 나에게 큰 위안이 될 테니까.

Arriv. à Saint-Paul de Vence
EXPIRES   01/31/12
2090628922   19342905
Billet à composter avant l'accès au train

샤갈의 짝사랑
생폴 드 방스

Classe 2, Voit 18, Place No.33

호리호리한 진초록의 삼나무들을 따라 자그마한 공동묘지에 들어서면, 세상에 모든 색깔을 하나씩 모아놓은 듯 아리따운 부케들이 여기저기 놓여 있다. 하늘 아래 모든 사물의 채도가 한 단계씩 격상될 정도로 햇볕은 작열하고, 저 멀리 니스의 앞바다는 짙푸른 미풍을 불어댄다. 아름다움마저 느껴지는 이런 공동묘지에서는 '지하에 잠들어 있는 음침한 유령' 따윈 생각할 수도 없다. 공동묘지 한 귀퉁이의 작은 묘. '마르크 샤갈, 1887~1985'이란 익숙한 묘비명에도 찬란한 햇빛이 닿아, 무덤을 마주하고도 엄숙함이나 슬픔은 느껴지지 않는다. 샤갈은 무덤 속에 누워 있는 것이 아니다. 그저 지중해를 마주한 프로방스의 태양 아래에서 '영원한 선탠'을 즐기고 있다.

유쾌한 상상이 가능한 세계 유일의 묘지. 프로방스이기에 가능한 일일까. 샤갈도 이런 매력에 푹 빠져 이 작은 중세 마을을 사랑했고, 마르고 닳도록 그렸으며 결국 이곳에 묻혀 영원히 이곳에 남게 되었다. 샤갈의 그림은 지금도 마을 곳곳에 남아, 그의 사랑이 아직 진행형 임을 보여준다. 생폴 드 방스는 샤갈 이외에도 유명 인사들의 이야기 로 넘쳐난다. 1951년, 프랑스의 국민배우 이브 몽탕과 시몬 시뇨레Sim-one Signoret가 이곳에서 약혼식을 올려 세간의 이목을 집중시켰고, 프랑 스의 지식인 베르나르 앙리 레비Bernard Henri Lévy도 이 작은 마을을 고향이 라 칭하며 애정을 쏟았다. 미국의 작가 제임스 볼드윈James Baldwin도 1987 년 이곳에서 생을 마감했다. 죽은 영혼마저 머물고 싶어하는 곳, 천국 과 가깝게 느껴지는 곳, 생폴 드 방스.

이 자그마한 중세시대 요새의 첫 풍경은 프랑스의 전통 놀이 페탕 크Pétanque를 즐기는 할아버지들의 여유로움으로 시작된다. 마을 초입의 공터엔 늘 와인 한 잔을 곁들인 오랜 친구들의 수다, 플라타너스 밑동 에 매어놓은 강아지, 페탕크 구슬을 사이에 두고 티격태격하는 소란스 러움이 공존한다. 페탕크는 프로방스의 구슬놀이다. 구슬은 어른 주 먹만 한 크기의 묵직한 쇠공인데, 코쇼네Cochonnet라는 조그만 나무 공 을 먼저 던지고, 쇠공을 한 사람당 3개씩 던져서 코쇼네에 가장 가까 이 굴리는 사람이 승리한다. 동계올림픽 종목 중에 컬링이라는 종목 과 경기 규칙이 비슷한데 특히 관절이 안 좋으신 어르신들께 적합한 운동이다. 프로방스의 어딜 가나 밤낮없이 페탕크를 즐기는 어르신들 을 볼 수 있는데, 이곳에서도 페탕크 경기가 무르익을수록 공터는 더 욱 더 여유로워진다.

그러나 요새 안으로 발을 들이면 전혀 다른 세상이 펼쳐진다. '예술 가의 마을'이라는 수식어가 무색하지 않게 좁다란 골목골목이 신선 한 충격으로 넘쳐나 그야말로 예술이 난무한다. 어느 화풍에도 속하

지 않는 그림, 희한한 디자인의 보석, 신기한 색깔의 가죽으로 재단된 가방, 정말 쓸 수 있을까 싶은 실험적인 디자인의 모자, 기존의 이미지를 뒤엎는 독특한 디자인의 가구 등 처음 보는 낯선 예술품부터, 예술의 영역을 넘어 생활 속으로 침투한 생소한 디자인의 생활용품도 있다. 소품 하나를 사더라도 리본과 포장지, 쇼핑백까지 고이 접어 서랍에 보관할 수밖에 없도록 아름답게 포장해준다.

중세의 돌길이 미래지향적인 미술관과 부티크 들로 가득 메워져 마치 거대한 디자인 박물관을 걷는 느낌이다. 조각품이나 대형 액자에 걸린 그림들은 심하게 비싼 몸값 때문에 꼼꼼히 뜯어보는 것으로 만족해야 하지만, 적당한 가격이 매겨진 작은 소품을 만나면 본격적인 쇼핑이 시작된다. 아이디어 하나만으로 승부하는 예술가들이 자신의 아틀리에에서 작업해 부티크에 전시를 해놓은 예술품들, 그 '딱 하나'의 유혹이 내내 옷자락을 잡아끈다. 사지 않고는 평생 후회할 것만 같은 예술품들이 나를 유혹하지만, 작은 손지갑 하나도, 디자이너의 한정판이라 그 가격이 만만치 않다. 제발 누가 나에게, 돈이 열리는 나무를 다오!

한낱 중세시대의 요새인 이곳에서, 이탈리아의 총리 실비오 베를루스코니Silvio Berlusconi는 하루에 몇 천만 유로어치의 쇼핑을 해서 신문에 대문짝만하게 실리기도 했다. 신문기사에선 경제위기 속에서 한 나라의 총리가 그런 짓을 하다니 모두들 정신 나갔다고 비난하기 바빴다. 그러나 난, 베를루스코니를 이해할 수 있을 것도 같다. 그저, 그의 쇼핑리스트가 궁금할 뿐. 늦은 오후, 손에 몇 개의 예술을 들고 화려한 중세를 걸어 나온다. 샤갈은 여전히 선탠을 즐기고 있다.

요트도 쉬어가는 곳
빌프랑슈쉬르메르

지도를 손에 들고도 잘 찾을 수 없는 곳이 있다. 도시라기보단 마을이란 단어가 어울리는 곳. 그 단어가 주는 정감 있고 평화로운 분위기에 부응하는 듯, 삶의 터전과 자연이 한데 어우러진 곳이 바로 빌프랑슈쉬르메르Villefranche-sur-Mer다. 셔터를 누르면 엽서가 되고, 펜을 들면 그림이 되는 자그마한 마을. 그러나 이 마을은 지중해에서 가장 깊고 푸른 만을 가지고 있어 요트를 즐기는 사람들에겐 유명한 정박 포인트다. 그 깊이가 무려 95미터에 달하는 이 만은 니스와 카프페라 사이에 펼쳐져 있는데, 해발고도 520미터의 몽뢰즈Mont-Leuze 돌산에 둘러싸여 아늑함과 신비로움을 동시에 준다. 겨울을 제외하고는 늘 각양각색의 요트와 크루즈 들이 만을 가득 메우고 있다. 특히 여름철엔 터키, 그리스, 이탈리아, 프랑스, 스페인, 포르투갈 등의 지중해 해안을 따라 영국까지 가는 16만 톤 규모에 5,000명 이상을 수용하는 초호화 여객선들이 정박한 모습을 자주 볼 수 있다.

해안선을 따라 절벽 위로 나 있는 니스-모나코 국도를 달리면, 빌프랑슈 만이 한눈에 펼쳐져 누구나 갓길에 차를 세우고 한 번쯤은 풍경을 바라보게 된다. 사람의 마음은 날씨에 따라 흐렸다 개었다 하지만, 타는 듯한 태양 아래 장난감처럼 떠 있는 요트를 바라보는 것만으로도 기분이 더없이 화창해진다.

바캉스가 절정에 달해 프랑스 자국민들과 전 세계의 관광객들이 한데 어우러지는 7,8월에도 바다 위에 수많은 요트가 정박해 있을 뿐 해변은 많이 붐비지 않는다. 관광도 간단하다. 마을에 들어서, 공터에 주차를 하고 모자와 카메라만 챙기면 준비 끝이다. 짐이 무거우면 여행도 피곤한 법. 아무리 이 마을을 구석구석 살펴보고, 끝에서 끝까지 속속들이 걸어볼 욕심이라 해도 한 시간이면 충분하고도 남아 그저 작은 손가방 하나면 충분하다. 홀가분히, 아무런 준비 없이 방문해도 좋은 프로방스의 작은 마을들이 더없이 매력적이다.

스타카토 걸음으로 구시가에 들어서니 골목 초입에 싱싱하게 널린 빨래가 바닷바람에 나풀거리며 나를 맞이한다. 이렇게 친근한 일상의 풍경 때문인지, 끝없이 구부러지는 낯선 길도 속수무책으로 끌려들어가게 된다. 그 부드러운 곡선의 모퉁이에서 누군가와 부딪힐 듯 설렘이 있어 혼자라도 나쁘지 않다. 작은 마을을 욕심껏 파고들기에 앞서, 낡은 해변 카페에 앉아 빌프랑슈 앞바다를 응시하는 것으로 사치를 부려본다. 저 멀리 몽뢰즈 돌산 위로는 이름을 알 수 없는 큰 새들이 유영하고, 항구엔 물의 흔들림 위로 조각배의 그림자가 아련히 떠오른다. 바람이 부풀린 치마를 추스르며 잔물결에 발을 담그는 여인들, 짙푸른 에메랄드 빛 바다를 헤엄쳐 나가는 아이들, 내 옆자리에서 게으

름을 떨며 사색에 잠겨 있는 하얀 고양이까지……. 너무 눈부신 태양 때문인지, 너무 새파란 지중해 때문인지 이 모든 풍경들이 그저 비현실적으로 다가온다. 이제야 알겠다. 왜 수많은 작가와 화가와 시인 들이 프로방스로 왔는지.

사진기를 꺼내어 마음이 가는 대로 셔터를 눌러보지만, 이 감동을 다 담기엔 역부족이다. 가방을 뒤적여 연필과 작은 수첩을 꺼낸다. 도처에 널려 있는 아름다운 단어들을 주워 담는 것만으로도, 의미심장한 시 한 구절을 남길 수 있을 것 같다.

트럭 전용인 주황색 실선이나 장애인용인 파란색 실선 안에 주차하면 40€ 이상의 벌금을 내게 되니 주의가 필요하다.

프로방스의 작은 마을에는 기차역이 없는 곳이 많고, 인근 대도시에서 출발하는 버스도 드물어 대중교통을 이용하기 쉽지 않다. 때문에 자동차를 렌트하는 것이 제일 좋은 방법인데, 공항에서는 물론 호텔에서도 렌탈 서비스를 대행하고 있어 스물한 살 이상이며 국제 면허증만 있으면 차를 빌릴 수 있다. 같은 회사라도 지역과 계절에 따라 가격의 차이가 있어 인터넷으로 확인 후 예약하는 것이 좋다.

프랑스의 간단 교통 상식

파란색 표지판은 고속도로, 초록색 표지판은 국도로 시내에선 시속 50킬로미터, 자동차 전용도로에서는 시속 110킬로미터, 고속도로에서는 시속 130킬로미터가 제한 속도다. 또 운전석과 보조석뿐만 아니라 뒷좌석도 안전벨트를 매는 것이 의무니 꼭 기억하자. 주차할 때는 흰 선 안에 주차를 해야 하고 길가에 있는 기계에서 주차권을 끊어야 한다. 한 시간이 1€ 정도로 비싸진 않지만,

프로방스 1일 여행

1박 2일의 짧은 여정으로도 작은 마을들을 여유롭게 둘러볼 수 있는데, 니스 국제공항으로 도착하는 여행객들에게 가장 효율적인 방법은 고속도로를 타고 망똘에 도착한 후 해변국도로 거슬러 올라오며 마을들을 구경하는 것이다. 망똘, 라마튀엘, 무쟁, 구르동, 생폴 드 방스, 빌프랑슈쉬르메르, 그 외에도 산꼭대기에 있는 마을임에도 지중해가 잘 보이는 수많은 꼬마 마을들이 불쑥불쑥 얼굴을 들이밀어 자꾸만 차를 세우고 쉬어가게 된다. 카페에서 커피 한 잔으로 풍경을 음미하는 것도 좋지만 아무리 작은 마을이라도 마을 중심에는 꼭 성당이 있기 때문에 시원한 성당 내부에서 스테인드글라스를 구경하며 잠시 쉬어가는 것도 좋다.

주말이나 공휴일엔 크고 작은 가게, 레스토랑, 바가 거의 다 문을 닫기 때문에 작은 마을을 둘러보기에 적합하지 않다. 다른 유럽에서 프로방스로 들어올 경우 니스 국제

공항뿐 아니라 마르세유-프로방스Marseille-
Provence 국제공항이나 유럽 항공기 전용 공
항인 툴롱-이에르Toulon-Hyéres 공항을 이용
하는 것도 편리하다.

거리	이용 도로	소요시간
니스-방돌 (170km)	A8 고속도로	2시간
방돌-라마튀엘(87.6km)	D559 해변국도	2시간 30분
라마튀엘-무쟁(88km)	N98 해변국도	2시간 30분
무쟁-구르동 (21km)	D9 국도	40분
구르동-생폴 드 방스(31km)	D2210 국도 D6 국도	50분
생폴 드 방스 -빌프랑슈 쉬르메르 (28.5km)	D236 국도 N7국도	1시간

• 사이트 www.asf.fr

• 렌터카 정보(1일 기준·비수기)
www.avis.fr | www.hertz.fr
르노, 시트로앵의 소형차 : 70~100€
미니 쿠퍼, 폭스바겐 골프 등 : 100~130€
9인승 미니버스 : 170~200€
벤츠, 아우디, 볼보 컨버터블 : 300~350€

참고하면 좋은 사이트

• 방돌 www.bandol.fr
• 라마튀엘 www.ramatuelle.fr
• 무쟁 www.mougins.fr
• 구르동 www.gourdon.fr
• 생폴 드 방스
www.saint-pauldevence.com
• 빌프랑슈쉬르메르
www.villefranche-sur-mer.com

8장

달콤 쌉싸래한
와인투어

샤토뇌프뒤파프 | 방돌 | 비도방

로그 | 레작 | 가생

Arriv. à Chateauneuf-du-Pape
EXPIRES   01/31/12
2090628922   19342905
Billet à composter avant l'accès au train

잃어버린 시간을 찾아서
샤토뇌프뒤파프

Classe 2, Voit 18, Place No.33

철학자 플라톤은 와인을 "신이 인간에게 내려준 최고의 선물"이라고 했
다. 로마인들은 기원전 7세기에 이미 프로방스에서 포도를 경작하여
와인을 만들었다. 중세시대에 들어서 본격적으로 이 '신의 선물'을 만
든 사람들은 수도승이었고, 주교들은 그 와이너리를 소유하고 넓히는
데 힘썼다. 철저한 금욕이 수행되는 수도원이 와인과 그 역사를 함께
한다는 것이 아이로니컬하다.

1157년, 로마의 전통에 따라 당시 아비뇽의 주교였던 조프레^{Geoffrey}
가 자신의 개인 소유지에 포도를 심고 와인을 만듦으로써 샤토뇌프
뒤파프^{Chateauneuf-du-Pape} 와인의 역사가 시작되었다. 1,000명 정도의 주민
만이 살고 있던 샤토뇌프 마을은 13세기에 이미 3제곱킬로미터에 이
르는 포도밭을 경작할 정도로 성공적으로 와인 산업을 발전시켰다.
1308년엔 교황 클레멘스 5세가 더 많은 포도 품종을 심고 경작하도록
명령하고, 포도밭과 와인에 많은 애정을 기울였는데 그렇게 자연스레

아비뇽의 교황들이 샤토뇌프뒤파프 최초의 와인 '프로듀서'가 되었다. 일찍이 교황 요한 12세^{John XII}는 자택에 샤토뇌프의 와인들을 정기적으로 공급받아 절대 집에 와인이 떨어지는 일이 없도록 했고, 엄격한 표준 규칙과 규율을 적용하여 포도를 경작하고 와인을 만들도록 하였다. 그 결과 샤토뇌프뒤파프 역사상 첫 아펠라시옹_{Appellation, 프랑스 와인의 최고 등급}인 뱅 뒤 파프^{Vin du Pape}가 만들어졌고, 그것이 지금의 이름 샤토뇌프뒤파프가 되었다. 1,500년 이후 주요 성직자들은 이곳의 최상급 와인을 이탈리아로 실어 나르기 시작했는데, 프로방스의 예언자 노스트라다무스는 최고의 와인 샤토뇌프뒤파프의 와인이 로마로 흘러들어감으로 말미암아 전쟁이 시작될 것이라고 예언하기도 했다. 17세기에는 전쟁과 전염병, 이상저온 현상으로 와인 산업이 크게 발전하지 못하고 주춤하지만 18세기에는 1,400평방미터의 포도밭에서 연평균 100만 리터의 와인을 생산해내기에 이른다.

와인이 돈이 되자 이곳의 영주들은 스페인이나 이탈리아에서 새로운 품종을 받아들이고 개발하는 등 연구에도 매진한다. 당시의 귀족들은 "물을 마시느니 차라리 죽겠다"고 할 정도로 와인은 높은 신분의 상징이었지만, 1793년부터 샤토뇌프뒤파프의 주민들에겐 와인을 3분의 1 가격으로 팔기 시작하여, 평민들도 와인을 즐겨 마시기 시작했다. 또한 주변의 오랑주, 아비뇽, 멀리서는 리옹 사람들까지 샤토뇌프뒤파프 와인의 맛에 취했다. 빌프랑슈의 영주는 샤토뇌프에 가지고 있던 자신의 와이너리에서 생산한 최고급 와인을 이탈리아, 독일, 영국과 미국의 보스턴, 필라델피아에까지 수출해 샤토뇌프뒤파프 와인 중 최초로 해외 수출망을 구축했다.

19세기에 이르러 프랑스의 대표 시인이자 노벨 문학상 수상자인 프레데리크 미스트랄이 샤토너프뒤파프의 와인을 찬양하는 시를 써서 이 와인이 대중에게 친숙해지는 계기를 마련한다. 특히 그의 시문 "샤토너프뒤파프의 와인은 용기와 멜로디, 사랑과 기쁨을 선사한다"를 라벨에 새겨넣어 와인 라벨의 혁명을 가져왔고, 폭발적인 매출증대를 이루었다. 미스트랄은 또한 동료 작가인 알렉상드르 뒤마, 알퐁스 도데 등과 함께 '누가 샤토너프뒤파프 와인의 외교사절이 될 것인가'에 대해 열띤 토론을 벌인 것으로 유명하다.

이곳을 대표하는 포도품종으로는 달콤한 맛과 부드럽고 따뜻함이 특징인 그르나슈Grenache와 생소Cinsault, 진한 색깔과 성숙한 향을 내는 무르베드르Mourvèdre, 시라Syrah, 무스카르댕Muscardin, 카마레즈Camarese, 매력적인 과일 향과 꽃향기를 물씬 풍기는 크누아즈Counoise와 픽풀Picpoul등이 있다.

이런 종류의 포도들은 황금비율로 블렌딩되어 하나의 와인으로 탄생한다. 포도는 수확된 즉시 즙을 짜내 오크통에 넣어 와인으로 만드는 발효 과정과 발효된 와인을 새로운  통에 넣어 일정 기간 두는 숙성과정을 거친 후에야 비로소 와인이 된다. 좋은 와인일수록 그 숙성기간이 다소 긴 편이며, 숙성되기 전에는 본래의 풍부한 맛이 제대로 우러나오지 않기 때문에 아무리 비싸고 이름이 있는 와인일지라도 일찍 개봉하면 신맛과 함께 입안 가득 텁텁함만 남는다. 하지만 충분한 숙성 과정을 거치면 와인의 색이 조금 연해지고 과일 향이 풍부하게 배어나오며 거친 맛과 텁텁함은 사라지고 목넘김이 아주 부드러워진다.

현재도 샤토뇌프뒤파프는 와인의, 와인에 의한, 와인을 위한 마을이다. 마을의 가장 높은 곳에 위치한 파프 성에 가면 직접 눈으로 확인할 수 있는데, 16세기 종교전쟁 때 불타서 지금은 외벽만 남아 있는 이 성터에 서면, 끝도 없이 펼쳐진 싱싱한 포도밭이 하늘과 맞닿은 절경을 감상할 수 있다. 멀리, 포도밭들을 바싹 껴안고 굽이쳐 흐르는 론 강까지 한눈에 들어와 잠시, 교황의 기분으로 발 아래 펼쳐진 세상을 둘러보게 된다. 이곳에서 내려다보이는 샤토뇌프뒤파프는 봄, 여름엔 어질어질할 정도로 뜨거운 햇볕 아래 초록으로 덮인 마을이 혼을 쏙 빼놓을 정도로 싱그럽고, 가을이 깊어지면 온 세상이 노을빛을 닮은 금붉은색으로 변신해 화려한 장관을 이룬다.

샤토뇌프뒤파프의 오래된 와인 저장고 안으로 들어가 본다. 수세기의 먼지를 뒤집어쓴 와인 중엔 세월에 흐릿해진 라벨과 그마저 닳아 없어져 손으로 다시 써 붙인 라벨도 종종 눈에 띈다. 잘 정돈된 역사의 진열을 뒤로하고 숙성 잘된 레드와인을 한 모금 맛본다. 마르셀 프루스트의 『잃어버린 시간을 찾아서』의 주인공이 작은 마들렌을 입안에 넣는 순간 과거에 한 발짝 다가가는 것처럼, 와인 향을 깊이 음미하다 보면 '신의 선물'인, 역사가 농축된 와인의 참맛을 맛볼 수 있을지도 모른다.

그 호텔은
별이 몇 개에요?

호텔에서 일할 때 지인들에게 가장 많이 받는 질문은 "그 호텔은 별이 몇 개냐"는 것이다. 호텔의 별은 누가, 어떤 기준으로 주는지 궁금해하는 사람들이 의외로 많다. 그러나 전통적으로 호텔의 질을 논함에 있어 시설보다 서비스가 우선시되기 때문에 공인된 평가가 어렵고, 나라마다 호텔 문화가 다르기 때문에 몇 가지의 기준만으로 비교 또는 평가한다는 것 자체가 힘들다. 때문에 세계적으로 같은 기준을 두기보다는 나라별 기준을 만들어 평가하는 것이 조금은 합리적이란 생각이 든다.

별점은 미국의 비영리 민간조직인 미국자동차협회 AAA^{American Automobile Association}가 장거리 운전자들이나 여행객 들에게 숙소 정보를 제공하기 위해 호텔을 평가하기 시작하면서 생겨났다. 평가자들이 호텔에 투숙하고 나서 평점을 매기는데, 하나에서 다섯 개까지의 다이아몬드로 평가한다. 영국은 하나에서 다섯 개까지 별로 평가하지만 최고 추천 호텔은 검은색과 금색으로 따로 표기하고 평가자 최고 호텔은 빨간색으로 표기해 좀 더 세분화했다. 독일과 스위스는 호텔협회가 자율적으로 결정하며, 이탈리아와 스페인은 법으로 단독 평가기준이 정해져 있다.

프랑스는 이미 전 세계적으로 인정받은 최고 권위의 레스토랑 가이드북 『미슐랭』이 선정하는 호텔 평가와 국가관광위원회에서 하는 평가가 나뉘어 있어 신뢰성이 높은 편이다. 별이 없는 곳부터 4개까지 존재하며 L로 표시되는 럭셔리 호텔까지 총 6개 등급으로 나뉜다. 하지만 똑같이 별 4개를 받은 호텔도 샤토인지, 부티크 호텔인지, 브랜드 호텔인지에 따라 질이 천차만별이다. 그러나 일본이라면 료칸에 머물러 보고, 스위스에 가면 샬레라고 하는 산장에 머물러 보는 식으로 각 지역의 특성을 잘 살린 숙박업소에서 머무르는 것이 가장 좋은 것 같다.

프로방스에서는 어디에 머무르면 좋을까? 샹브르 도트Chambres d'hôte 라고 불리는 프로방스의 숙소에서 머물러보길 권한다. 누구든 호숫가나 와이너리가 있는 중세시대 샤토에 머물고 싶지 않겠느냐마는 현실적으로 감당 안 되는 가격들이 대부분이기 때문에 샹브르 도트가 대안으로 꽤 괜찮다. 이곳은 호텔이 아닌 일반 집, 우리나라로 치면 민박 같은 곳이다. 대부분 3층짜리 집을 가지고 있는 사람들이 방 5개 정도를 호텔처럼 꾸며 여행객들에게 빌려주는 형식인데, 보통 작은 정원이 딸려 있으며 아침식사가 포함되어 있다. 샹브르 도트는 프랑스 관광위원회에서 불시에 방문하고 손님으로 위장하여 투숙하는 등 까다롭게 감시 관찰해 그 수준이나 신뢰도가 높고, 허위 과장 광고에 대한 처벌도 엄격해 홈페이지에 소개된 사진을 어느 정도 믿어도 좋다.

프로방스에는 규모는 작아도 중세시대에 지어진 샤토 형태의 집이나 프로방스 스타일의 전통가옥도 많고, 아름다운 정원에 분수대나 꽃밭을 가꿔놓는 등 고급스러운 곳도 많아서 충분히 만족스러운 곳을 고를 수 있다. 또 대도시와는 약간 떨어져 있어 조용하고 아늑하며 전원 분위기를 듬뿍 느낄 수 있다. 대형 호텔처럼 많은 사람들이 드나들지 않아, 여름 성수기에도 조용하게 아침식사를 즐길 수 있고 주변의 산책 코스나 드라이브 코스를 만끽하고, 주인에게 지역 추천 레스토랑이나 쇼핑에 관해 조언을 받는 등 알찬 정보를 얻을 수 있는 장점도 있다.

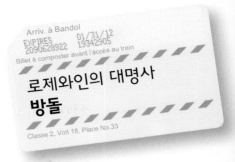

로제와인의 대명사
방돌

Arriv. à Bandol
EXPIRES 01/31/12
2090628922 19342905
Billet à composter avant l'accès au train

Classe 2, Voit 18, Place No.33

<u>보르도</u>^{Bordeaux}와 **부르고뉴**^{Bourgogne}라면 레드와인, 알자스^{Alsace}나 루아르^{Loire} 지역이라면 화이트와인, 그리고 프로방스엔 단연 로제와인이다. 핑크 빛이란 뜻의 프랑스어인 로제^{Rosé}로, 강렬한 태양 아래 맑고 투명한 분홍빛이 오감을 자극한다.

프랑스 와인의 대명사로 불리는 보르도 지역에서도 기원전 3세기에 생테밀리옹^{Saint-Émilion}을 시작으로 와이너리가 생기기 시작했으나 프로 방스 지역은 이보다 훨씬 앞선 기원전 7세기부터 와인을 만들어냈다. 인류 역사상 가장 오래된 술은 와인이며 그중에도 프로방스의 와인이 가장 오래된 셈이다. 그만큼 프로방스는 와인으로 유서 깊은 지역이며 로제와인이 처음으로 만들어진 곳이기도 하다. 때문에 혜택 받은 자 연과 함께 이곳 와인은 오랜 전통과 노하우로 특별한 맛을 선사한다.

더운 여름에는 레드와인의 판매량이 저조해지기 마련이지만 프로 방스의 로제와인은 그 반대다. 더운 날씨에는 묵직한 레드와인보단 얼

음을 넣어서 쉽게 많이 마실 수 있고 샐러드나 가벼운 간식과도 부담 없이 어울리기 때문에 그야말로 물처럼 로제와인을 마신다. 프랑스인들은 평균적으로 연간 61리터의 와인을 소비하는데 프로방스는 로제와인 덕분에 그 수치가 훨씬 높다.

로제와인은 일반적으로 풍미가 무겁지 않고 꽃이나 과일 향이 많이 나서 거의 모든 음식과 어울린다고 해도 과언이 아니다. 로제와인도 나름의 등급과 질적인 차이가 있지만, 프로방스엔 싸면서도 맛있는 로제와인은 넘쳐나는 반면, 물은 상대적으로 비싸서 실제로도 물보다 로제와인을 많이 마신다. 그 시원하고 달콤한 맛 때문에 더워질수록 마구 들이키게 되는데 조심해야 한다. 얼음을 넣어 마시는 경우가 많

아서 약간 희석은 될지 몰라도 다른 와인들과 마찬가지로 일반적으로
12도에서 강한 와인은 14도 정도의 알코올을 함유하고 있어 취하기
쉽다.

　레드와인은 껍질의 색소가 우러나와 붉은색을 띠고, 화이트와인은
청포도 품종으로 양조되기도 하고, 또 적포도 품종이라도 껍질과 나
뭇가지를 압착하여 방치하는 침용을 거치지 않으면 화이트와인이 된
다. 핑크 빛을 띠는 로제와인은 여러 방법으로 제조되지만 프로방스
에서는 침용 시간을 짧게 하거나, 과즙을 받아낼 때 먼저 받아낸 맑은
즙과 침용이 된 즙을 섞는 방법이 주를 이룬다.

　미국이나 호주, 칠레 와인과는 다르게 프랑스 와인을 살 때는 빈티지를 최우선으로 생각하게 된다. 빈티지에 따라 같은 와인이라도 맛이 천차만별이기 때문인데, 보르도 와인은 1996, 1998, 2000, 2001년산 이 좋고 1997, 1999, 2002년산은 상대적으로 아쉽다. 늘 와인 앞에서 는 빈티지를 고려해 가격과 맛을 저울질해야 하는데 때로는 좋은 와 인을 눈앞에 두고 바라봐야만 할 때도 있다. 거금을 주고 샤토 오브리 옹Château Haut-Brion 2000년산을 구입했다 하더라도 최상의 맛으로 마시고 싶다면 지금부터 몇 년은 더 기다려야 한다. 1985년, 런던 크리스티 경 매장에서 16만 달러라는 경이로운 가격에 팔려, 역사상 가장 비싼 술 의 타이틀을 보유한 샤토 라피트 로트실드Château Lafite Rothschild 1789년산 을 가진 사람도 프랑스 혁명이 일어난 해의 와인이라고 자랑하는 것 외에 할 수 있는 것이 없다. 희귀하고 비싸지만 너무 오래되어 마시지 도 못하는 와인을 눈으로 감상하는 것만큼 바보 같은 일도 없다.

그러나 프로방스의 로제와인은 이런 번거로움을 무시해도 좋다. 이 상기후가 적어 빈티지가 많이 중요하지 않고, 숙성 기간이 길지 않아 사자마자 코르크 마개를 열어 다 마셔버려도 상관없다. 물론, 그만큼 가격 부담도 없다. 쪽빛 지중해를 내려다보며 계단식으로 형성된 포도 밭으로 유명한 방돌의 로제와인은 프로방스에서도 최고로 손꼽혀서, 방돌 시내에 위치한 방돌 와인 박물관Maison des vins de Bandol은 연일 전 세 계의 로제와인 애호가들로 넘쳐난다. 이들은 시원하게 잔을 투과하는 연한 루비 색과 적당한 산도, 입안 가득 퍼지는 방돌만의 신선함에 중 독된 사람들인데, 특히 방돌 로제와인 중 도멘 오트Domaines Ott가 전폭적 인 지지를 받으며 전 세계적으로 마니아층을 늘리고 있다. 고대의 와 인 저장 용기인 암포라Amphora와 비슷한 형태의 와인 병으로 먼저 눈에 떠는데, 강렬하고 진한 아로마가 특징이다. 그르나슈, 상소, 무르베드르로 만든 오트 로제와인은 엷은 살구색을 띠지만 맛은 드라이하면서도 깊이가 있다. 때문에 스티븐 스필버그를 비롯한 많은 유명인사들이 오트 로제와인 애호가로 유명하고, 파리의 리츠^{Ritz} 호텔과 부유한 뉴요커들의 별장 도시 햄프턴^{Hampton}의 유명 레스토랑의 와인 리스트에도 오트가 빠지지 않고 등장한다.

방돌의 로제와인은 그 색깔과 맛과 향이 다양하지만 공통점을 하나 가지고 있다. 바로 사랑스러운 맛이다. 척박한 토양에서 이를 악물고 자라난 포도와는 확실히 차이가 난다. 넘쳐나는 따뜻한 태양과 살랑거리는 지중해 바람의 사랑을 듬뿍 받은, 구김살 없이 그저 해맑게 자란 포도의 맛이 느껴진다. 방돌 로제와인을 한입 머금으면 입안 가득 프로방스의 사랑스런 맛이 배어난다.

샤토 다스트로와 마르셀의 여름 비도방

포도밭이 가장 싱그러운 시기인 7월이라지만 이건 더워도 너무 덥다. 포도넝쿨의 진초록과 붉디붉은 토양의 대비가 강렬히 눈에 박히는 오후 2시, 시골에선 사람 한 명 마주치기도 힘들다. 자동차도 별로 눈에 띄지 않는다. 팔에 바른 선크림이 한순간 흡수되는 신기한 체험도 한다. 게다가 매미들은 떼를 쓰듯 기를 쓰고 울어대니 정신이 다 어질어질하다.

타는 듯한 여름의 한가운데, 끝없이 펼쳐진 포도밭을 달려 12세기에 지어진 샤토 다스트로^{Château d'Astros}에 도착하니, '12시부터 2시까지 점심시간'이라는 푯말만 덩그러니 걸려 있을 뿐 사방이 고요하다. 심심해 미칠 것 같은 표정의 고양이 한 마리만이 야옹거리며 천천히 다가온다. 포도로 유명한 지방답게 이곳의 기온은 프로방스 지방 중에서도 높은 편이어서 고양이도 자동차 밑의 그늘에 앉아 있다가 막 나오는 길이다. 놀아달라는 얼굴로 내게 자기 몸을 부비는데 "넌 전생에 무슨 죄를 지어 러시안블루 고양이로 태어나 낮 기온이 35도까지 올라가는 프로방스에 있는 거니, 응?" 하고 툭 질문을 던지니 곧바로 대답한다. "야옹~" 가끔 프로방스의 한여름에 질 좋은 모피를 걸치고 외출 나온 시베리안 허스키나 사모예드, 맬러뮤트 종의 개들을 보면 정말이지 착하게 살아야겠다고 다시 한 번 다짐한다. 전생에 무슨 죄를 져서, 쯧쯧……

샤토 문이 열리기를 기다리며 느긋한 걸음으로 이곳의 아름다운 전경에 흠뻑 빠져본다. 영화 「마농의 샘」과 연극 「빵집 마누라」의 원작자인 프랑스의 국민 작가 마르셀 파뇰. 그가 『엘르』지에 연재한 자전적 소설 『어린 시절의 추억』이 1990년 「마르셀의 여름」 「마르셀의 추억」이라는 영화로 탄생해 프랑스에서도 대중적 성공을 거뒀다. 전작은 아버지에 관한 기억을, 후작은 어머니에 관한 기억을 영화화한 작품이다. 「마르셀의 추억」의 원제는 '어머니의 샤토'로, 바로 이곳 샤토 다스트로에서 촬영되었다. 따사롭고 포근한 분위기의 포도밭과 사과나무들이 예쁘게 어우러진 이 샤토는 바르 지역의 와인 중심지 비도방^Vidauban에 위치한다. 수많은 와인들과의 치열한 경쟁 속에서도 그 맛과 품질로 명성이 자자한 곳이다. 이곳에선 직접 포도를 재배하고 수확, 숙성, 병입, 판매까지 하고 있는데, 샤토 안에 여러 개의 공장까지 갖추고 있다.

2시, 샤토의 커다란 나무 문이 활짝 열리고 터키 색 눈동자의 예쁜 여성이 나를 맞이한다. 테이스팅도 할 수 있는 시원한 부티크는 수많은 상장으로 가득하고 오래된 역사를 증명하듯 낡은 라벨이 붙은 귀한 와인과 흑백사진도 눈에 띈다. 소믈리에는 이 샤토의 로제와인 중

비외 샤토 다스트로, 퀴베 뒤 코망되르 로제Vieux château d'Astros, Cuvée du Commandeur Rosé 2009년산을 한 잔 권한다. 2010년에 제네랄 아그리콜 파리 콩쿠르Concours Général Agricole Paris에서 금메달을 받은 작품으로 17세기부터 8대에 걸쳐 와인을 생산해 내고 있는 샤토 다스트로의 노하우가 몽땅 녹아든 와인이라고 한다. 이 수상작은 55퍼센트의 그르나슈, 17퍼센트의 시라, 13퍼센트의 상소, 5퍼센트의 롤Rolle, 10퍼센트의 카베르네 소비뇽Cabernet-Sauvignon으로 블렌딩된 복숭아 색의 로제와인으로, 한 모금 머금으니 검붉은 체리와 어린 산딸기 향이 상큼하게 어우러진다.

프랑스의 세균학자 루이 파스퇴르Louis Pasteur는 "지구상의 모든 책에 담겨 있는 것보다 많은 철학이 와인 한 병에 담겨 있다"고 말했다. 철학까지는 몰라도 여름의 한가운데에, 그것도 가장 햇살이 뜨거운 오후에 마시는 찬 로제와인은 천국이 따로 없다. 연이어 서너 잔의 레드와인과 화이트와인을 시음하며 미묘하게 다른 색, 다른 맛, 다른 느낌을 음미해본다.

사과나무가 많은 이 샤토에서는 프로방스의 햇빛과 기름진 붉은 토양의 미네랄 성분을 듬뿍 머금은 사과 주스도 직접 만든다. 와인 테이스팅 때 사과 주스도 맛볼 수 있는데, 무거운 황금색을 띠고 있는 이 사과 주스는 부드러운 목 넘김과 적당한 당도를 지녀 이래도 되나 싶은 정도의 감동을 선사한다! 매년 10월의 마지막 주에는 사과 축제가 벌어지는데, 초록이 무성한 과수원을 걸으며 빨간 사과로 바구니를 채우고, 지천에 떨어진 사과로 만든 디저트들을 맛볼 수 있다.

와인 몇 병과 사과 주스 6병이 든 궤짝을 자동차 트렁크에 싣고 뒤를 돌아보니, 푸른 포도밭과 샤토 다스트로의 전경이 너무나 아름답다. 이 따가운 여름 햇볕에도 싱싱하게 고개를 든 꽃들이 돌담 너머로 더 생생하게 다가온다. 내가 만약 마티스처럼 천재적 재능이 있었다면 지금 눈앞의 이 풍경으로 생애 최고의 걸작을 만들었을 것이라고 중얼거리다 보니, 어?! 풍경이 약간 기울었다. 취했다!

Arriv. à Lorgues
EXPIRES   01/31/12
2090628922 19342905
Billet à composter avant l'accès au train

죽기 아니면 까무러치기
로그

Classe 2, Voit 18, Place No.33

샤토 드 베른 Château de Berne이라는 문구가 붙은 벽돌 문을 통과하고도 끝도
없이 펼쳐진 포도밭 샛길을 따라 한참 들어가고 또 들어간다. 새파란
하늘 밑으로 온 세상이 포도밭으로만 뒤덮인 진풍경. 가끔 날카로운
햇볕에 몸이 비비 꼬인 올리브 나무들이, 그림처럼 빨간 사과들이 열린
사과나무가 보이기도 한다. 고요와 적막만이 흐르는 풍경 사이로 더운
바람만 게으르게 지나간다. 그렇게 흙길을 더 달려 드디어 붉은 테라코
타 색의 와인 저장고와 18세기 샤토가 보이면 여기에 반전이 있다!

흰 천막으로 그늘을 만든 야외 공연장에서 브라스밴드의 신나는
재즈에 맞춰 할머니와 할아버지 들이 부둥켜안고 빙글빙글 돌면서 춤
을 춘다. 연륜이 제대로 느껴지는 4인조 브라스밴드는 "예술혼 따위는
무슨!"이라고 말하는 듯, 이미 와인 여러 병을 비우고 온몸을 내던져
가며 연주한다. 마음 내키는 대로, 손가락이 움직이는 대로 감정에 충
실한 연주, 그런데도 와인보다 먼저 그 선율에 취하는 걸 보면 삶이 음

악이고 음악이 삶인 '진짜' 뮤지션의 내공이 고스란히 느껴진다. 안 그래도 와인 때문에 이미 세상은 빙빙 돌고 있다. 그런데 파트너를 부둥켜안고 빙글빙글 돌아가는 할머니 할아버지 들이 점점 빨라지는 음악에 맞춰 더 빨리빨리, 그 정신없는 사이사이 파트너까지 바꿔가며 돌아간다. 이렇게 놀았으니 죽어도 여한이 없다고 할 정도로, 오늘이 세상의 마지막 날인 듯이 기를 쓰며 논다!

숨 고를 틈도 없이 연달아 이어지는 대여섯 곡에 맞춰 돌아가다 잠깐의 휴식시간. 물처럼 꿀꺽꿀꺽 너도나도 얼음을 넣은 로제와인을 쭉쭉 들이켜고, 눈 깜짝할 사이 빈 병들이 궤짝에 실려 나온다. 와인이 금세 에너지로 전환돼 음악으로, 춤으로 다시 뿜어져 나온다. 그렇게 몇 시간 동안 음악과 춤이, 생계와 놀이가 한데 부둥켜안고 논다.

1750년부터 와인을 만들었고, 현재는 와인뿐만 아니라 프로방스의 모든 문화를 체험할 수 있는 곳이 로그Lorgues의 샤토 드 베른이다. 그저 와인만을 만드는 폐쇄적인 18세기 샤토를, 프로방스풍의 품격 있는 문화 공원으로, 또 마음껏 놀 수 있는 모두의 놀이터로 탈바꿈시킨 이 샤토의 주인은 영국인이다. 그들은 거의 매주 주말마다 재즈 공연이나 오페라, 작품 전시회, 각종 축제들을 개최하고, 야외 공연장 주변을 공원으로 만들어 누구라도 이 아름다운 분위기에 동화될 수 있도록 했다.

오전 11시부터 오후 6시까지 오픈하는 야외 비스트로에서는 와인과 잘 어울리는 프로방스의 햄과 치즈를 묶은 세트 메뉴와 간단한 스낵과 커피를 판다. 또 과일과 샐러드, 햄, 치즈, 그리고 패스트리가 앙증맞게 들어 있는 피크닉 세트를 팔고 있어, 준비 없이 온 손님이라도

체크무늬의 보자기와 나무 바구니를 들고 여유롭게 피크닉을 즐길 수 있다.

이 샤토에서는 포도밭을 둘러보며 여러 가지 포도품종을 직접 맛보고 비교해볼 수도 있고, 소믈리에의 안내를 받으며 와인투어나 와인클래스에 참가할 수도 있다. 뿐만 아니라 포도밭으로 둘러싸인 고풍스러운 호텔과 점심에만 문을 여는 프로방스 스타일의 레스토랑 라 부스카렐La Bouscarelle, 저녁에만 문을 여는 로랑주리L'Orangerie 그리고 결혼 피로연 등 각종 행사를 할 수 있는 연회장도 마련되어 있다. 또한 정기적으로 요리 교실도 열어 이곳의 셰프들이 직접 프로방스의 요리를 가르치기도 하며 부티크에서는 와인 관련 제품 이외에 직접 재배한 올리브 오일과 프로방스풍의 식기와 그릇 등 주방용품 일체를 구경할 수 있다. 라벤더와 비슷하게 생긴 라방댕lavandin으로 정원을 가꾸어 어느 각도에서도 멋진 사진이 찍히는 샤토 드 베른은 영국과 네덜란드, 덴마크 등, 유럽 전역에서 사람들이 방문하여 늘 활기가 넘치며 특히 포도의 수확기인 여름과 가을에 관광객이 집중된다.

9월에는 사과와 배 농장을 개방하고, 사과와 배 축제를 열어서 또 한바탕 신나게 논다. 의외로 많은 사람들이 정말 노는 법을 몰랐다느니, 재미없게만 살았다느니, 젊었을 땐 정말 일밖에 몰랐다느니, 그런 푸념을 자주 한다. 놀 줄 몰라서 고민하는 사람들, 못 놀아서 후회하는 사람들, 모두 이곳으로 오라!

Arriv. à Les Arcs
EXPIRES   01/31/12
2090628922   19342905
Billet à composter avant l'accès au train

백과사전을 들추는 마음으로
레작

Classe 2, Voit 18, Place No.33

키가 큰 50대 여자 소믈리에가 손님들 사이를 당당히 오간다. 와인 초보자에겐 잔을 잡는 법과 서빙하는 적정 온도 등 기초 지식을, 와인 애호가에겐 취향에 맞을 법한 몇 가지 와인을 소개해준다. 또 와인별 포도 품종과 배합, 테루아, 숙성 과정 등에 대해 꼼꼼히 설명을 곁들인다. 테이스팅 테이블에선 가벼운 레몬 색에서 진한 황금빛에 이르는 화이트와인들이, 로맨틱하다 못해 에로틱한 로제와인이, 루비 빛에서 핏빛에 가까운 레드와인이 농도별로 서빙되고, 한 모금씩 입안에 머금을 때마다 가상의 식탁이 거하게 한상 차려진다. 이 와인엔 산토끼 스튜, 저 와인엔 버섯 타르트나 키슈 파이, 이 와인엔 다진 마늘이 씹히는 달팽이 요리를 곁들이면 더없이 근사할 것 같다.

와인의 가격이 올라갈수록 상상의 식탁도 점점 고급으로 변한다. 와인의 최고 등급이며 상위 1~2퍼센트의 와인을 뜻하는 그랑 크뤼 Grand Cru 와인을 마시면 굵은 소금을 뿌려 낸 바다 농어, 샤롤레산 쇠고

357

기, 소금기 없이 버터가 녹아내리는 가재 요리, 로즈마리 향이 물씬 풍기는 오리구이, 막 레몬즙을 뿌린 4~5년 된 석화, 송로버섯을 넣은 멧돼지 바비큐 등 요리들이 끝도 없이 줄을 서서, 음식과 와인 사이에 무한정으로 사랑의 작대기를 긋게 된다.

프로방스의 와인에 대해 알고 싶다면, 그 시작으론 레작Les Arcs의 라 메종 데 뱅 코트 드 프로방스La maison des vins côtes de Provence가 딱 어울린다. 이곳은 프로방스 와인 박물관이자 도서관이자 와인 정보 센터다. 코트 드 프로방스Côtes de Provence, 코토 덱스Coteaux d'Aix, 레 보Les Baux, 코토 바루아Coteaux Varois, 방돌, 팔레트Palette, 카시스, 코토 드 피에르베르Coteaux de Pier-revert, 벨레Bellet 등 프로방스 아펠라시옹 와인을 모두 구경하고, 공부하고, 맛보고, 살 수 있는 곳이다. 또한 프로방스의 토양과 포도 품종, 배합과 숙성 과정 등 기본 지식을 한눈에 열람할 수 있다. 특히 도서관에 일련번호대로 책들이 가지런히 꽂혀 있듯이, 이곳에선 와인이 지방별, 품종별로 잘 나뉘어져 진열되어 있다.

지공다스Gigondas, 샤토뇌프뒤파프, 방돌과 같이 프로방스에서도 유명한 와인들을 세세한 정보를 곁들여 테이스팅 할 수 있고, 와인 전반에 관한 어떤 질문에도 막힘없는 대답을 들을 수 있다. 예약을 통해 와인 수업을 듣거나 간식을 곁들인 세분화된 테이스팅을 할 수 있으며, 2층에는 고급 레스토랑이 있어 두꺼운 와인 리스트와 함께 근사한 식사를 할 수 있다. 물론 와인도 살 수 있는데, 일반적인 와인 가게보다 저렴하게 구매할 수 있으며 시중에서는 구하기 힘든 3리터나 4리터짜리 파티용 와인을 구매할 수도 있다.

마음에 드는 와인이 있다면 그 샤토를 직접 방문해보는 것도 좋은

데, 라 메종 데 뱅은 프로방스 와인의 중심지 레작 지방에 위치해, 수많은 샤토에 둘러싸여 있다고 해도 과언이 아니다. 니스와 엑상프로방스를 잇는 A8고속도로에서 레작으로 빠져 국도로 들어서면, 그때부터는 어디로 눈을 두건 포도밭 천지다.

포도는 품종에 따라 나무 형태도 있고 넝쿨 형태도 있는데, 어떤 품종이건 맨 앞에는 들장미를 심는다. 포도보다 예민한 들장미의 상태로 병충해가 빠르게 파악되기 때문이다. 7,8월엔 통통하게 살이 오른 포도송이가 널찍한 이파리들 사이에 주렁주렁 매달려 있는 것을 볼 수 있는데, 포도의 품종에 따라 그 크기와 모양, 색깔이 제각각이어서 보는 재미뿐만 아니라 맛보는 재미도 있다. 과일로 먹는 식탁용 포도의 수확이 모두 끝나고 몇 주가 더 지나서야 비로소 와인용 포도가 수확되는데, 어떻게 따느냐에 따라 와인의 등급이 결정될 정도로 수확 작업은 중요하다. 따라서 8월과 9월 사이에는 이 근방 어디에서나 열 맞춰 심겨 있는 포도밭에서 전통적인 방식으로 포도를 수확하는 진풍경을 구경할 수 있다.

또 포도밭 한가운데는 수세기 동안 바람에 쓸려 연한 회색으로 바래버린 돌벽의 농가들이 프로방스 분위기를 물씬 풍기며 여행자들을 쉬어가게 한다.

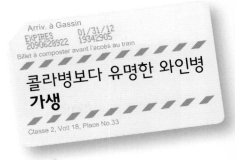

콜라병보다 유명한 와인병
가생

"**와인**은 **하늘과 땅과** 사람이 함께 만들어내는 것"이라고 프랑스인들은
말하지만, 생트로페와 라마튀엘 사이의 가생^{Gassin}이라는 작은 마을에
위치한 샤토 미뉘티^{Château minuty}에선 사람만 잘하면 된다. 이곳의 포도나
무들은 비가 온 후나 이슬이 맺힌 후에도 바닷바람으로 잘 건조되어
특별히 손대지 않아도 포도 열매가 잘 여물고 병충해가 없다. 때문에
이곳에선 자연 친화적인, 가장 자연스러운 와인이 생산된다. 우아한
신맛과 합리적인 가격, 그리고 콜라병보다 아름다운 잘록한 허리가 트
레이드마크인 이곳의 로제와인은 프로방스의 로제와인 중에서도 상위
권을 다투는 유명한 와인이다.

1936년에 시작되어 1955년에 최고 등급인 크뤼 클라세^{Cru Classé des Côtes}
^{de Provence}를 받은 미뉘티 와인은 역사가 그리 길지는 않지만, 포도를 직
접 기르고 수확하여 숙성, 병입, 마케팅까지 그 모든 과정을 직접 하고
있어서 볼거리가 풍부하다. 어둑어둑한 지하 와인 숙성 창고로 연결된

통로를 지나면 수십만 병 분량의 와인이 저장되어 있는 오크통을 만나게 된다. 오크통 하나에 약 300병 분량의 와인이 담겨 있는데, 제작 단계에서 오크를 불에 얼마나 그슬리느냐에 따라 와인의 맛이 달라진다. 때문에 와인 제작자들은 오크통 제작 단계부터 깊이 관여하며, 구울 때 향을 첨가하거나 그슬림의 정도까지 세심히 신경 쓴다.

잘 정돈된 오크통 사이를 걷다 보면 오크의 향과 공기 중에 떠도는 차고 습한 공기에 와인 향이 묻어나 자꾸 애꿎은 공기만 들이마시게 된다.

포도밭 여기저기 알알이 뭉개진 보랏빛 포도알 위로, 그리고 포도를 한데 모아두는 통 위로 엄청난 벌들이 이 기회를 놓치지 않고 포식하고 있어 그들의 심기를 불편하게 하지 않도록 각별히 주의하며 포도

나무 가까이로 가본다. 포도는 품종에 따라 자라는 속도나 재배 시기도 제각각 달라서 어느 시기, 어느 계절에 방문했느냐에 따라서 천차만별 다른 표정의 포도밭을 만날 수 있다. 여름과 초가을까지는 손안에 묵직하게 잡히는 매끈한 포도송이들을 볼 수 있고, 늦가을엔 포도나무 이파리들이 주황색과 빨간색 등 아름다운 불색으로 물들어 장관을 이룬다. 또 겨울의 포도밭은 앙상한 가지만 남아 쓸쓸해 보이지만, 겨울비에 흙냄새가 진동하고 기척 없이 동면하는 샤토는 나름의 분위기가 있어 방문해볼 만하다.

샤토 미뉘티를 나오며 수확 직전의 포도를 하나씩 따서 맛본다. 와인이 되어보지도 못하고 억울하게 먹혀버린 포도 알이 심술을 내며 입안 가득히 풋풋한 단맛을 낸다.

와인을 즐기는 세 가지 방법

• 프로방스 와인투어 사이트
www.wineroute-provence.fr
www.welcomeprovence.com

와인투어 참가하기

프로방스의 와인을 체계적으로 알고 싶다면 수십 가지에 달하는 와인투어 중 자신에게 맞는 것을 선택해 참가하는 것이 좋다. 가장 긴 투어는 숙박과 이동이 포함된 일주일 코스로 프로방스 전 지역의 15~20개의 와인 샤토를 돌며 와인 셀러를 방문하고, 소믈리에의 전문 강의를 듣고, 설명이 곁들여진 테이스팅을 하게 된다. 식사 및 숙소, 이동 수단의 등급과 인원에 따라 같은 코스라도 가격이 천차만별인데 평균적으로 1인당 2,500~3,000€ 정도다. 이보다 가볍게 참가할 수 있는 투어로는 500~700€의 2박 3일 코스, 약 200~350€인 하루 코스, 짧게는 약 35~100€의 반나절 코스도 있다. 짧은 투어의 경우 프로방스에서도 와인 샤토가 집중되어 있는 한 지역을 방문해 3개에서 10개 정도의 샤토를 방문하는데 말을 타거나 자전거로 이동하는 이색적인 코스들도 있어 흥미롭다. 영어로 진행되는 투어는 시간이 따로 정해져 있기 때문에 확인이 필수다.

와인 테이스팅 프로그램 참가하기

시간 여유가 없다면 약 1,000여 종의 프로방스 와인을 보유하고 있는 와인 박물관 라 메종 데 뱅에 가는 것이 가장 효율적이다. 이곳에서 제공하는 테이스팅 프로그램들은 대부분 45분에서 4시간 정도 소요되는 짧은 코스로 부담 없이 즐길 수 있다. 짧은 기초 와인클래스를 들은 후, 코스 요리 또는 간단한 음식을 3~6잔의 와인과 함께 즐기는 것으로 시간 대비 내용이 매우 알차다. 또한 프로방스 와인과 어울리는 시가, 초콜릿, 치즈 등에 관한 프로그램이나 지역 와인으로 만드는 술에 관한 강습도 있어 흥미롭다. 홈페이지를 통해 이틀 전에 예약해야 하며, 제공되는 와인 종류와 등급에 따라 코스 가격이 변한다.

• 라 메종 데 뱅 코트 드 프로방스
www.caveaucp.fr
관람 시간 : 매일 10시~18시

| 코스 소개 |

1) Formula D : 와인클래스+와인 6잔+간단한 음
식(치즈, 올리브, 빵) | 시간 : 1시간 15분 | 요금 :
70€

2) Formula F : 와인클래스+와인 6잔+계절에 따
른 6코스 정찬 | 시간 : 3시간 | 요금 : 350€

3) 전문가 코스 : 인텐시브클래스+15종류 와인+
요리 | 시간 : 4시간 | 요금 : 500€ .

| 참고하면 좋은 사이트 |
라 메종 데 뱅 카시스
www.maisondesvinscassis.com
샤토뇌프뒤파프 www.chateauneuf.com

개인적으로 샤토 방문하기

바르와 보클뤼즈 지방엔 지천으로 널린 것
이 포도밭이며 와인 샤토다. 때문에 샤토 다
스트로, 샤토 드 베른, 샤토 미뉘티를 방문
할 목적으로 길을 나섰다 하더라도 운전하
는 내내 수백 개의 샤토 표지판과 시음이
가능하다는 데귀스타시옹Dègustation 간판을
만날 수 있다. 소규모 샤토는 예약이 필요
없고 여름에도 붐비지 않아 좋으며, 주인이
직접 와인 창고와 포도밭을 구경시켜주고
샤토의 역사와 와인에 대해 설명해주는 곳
이 대부분이라 정감 있다. 특히 동양인이 오

면 큰 관심을 표하고 정성들여 손님을 맞이
하기 때문에 가장 프로방스다운 체험을 할
수 있다. 또 테이스팅 룸에서는 여러 종류의
대표 와인들을 시음해볼 수 있고, 부티크에
서는 와인 가게보다 훨씬 저렴한 가격으로
와인을 구입할 수 있다. 규모를 막론하고 입
장료를 받는 와인 샤토는 없고, 프로그램에
참가하지 않는 한 테이스팅도 무료이니 마
음 놓고 방문해도 좋다.

• 샤토 다스트로 www.astros.fr
와인 창고 관람 시간 : 매일 8시 30분~19시(12시
~14시 휴관)
사과 농장 : 8월에서 10월 사이의 10시~18시

• 샤토 드 베른 www.chateauberne.com
와인 창고 관람 시간 : 매일 10시~18시(12시~14
시 휴관)
자전거 대여 : 10시~16시

• 샤토 미뉘티 www.chateauminuty.com
와인 창고 관람 시간 : 매일 10시~18시(12시~14
시 휴관)

• 방돌 와인 www.vinsdebandol.com

사람의 몸은 그 시간들을 고스란히 기억한다.

어느 볕 좋은 가을, 살갗에 떨어진 바짝 마른 햇빛이, 무의식 속 프로방스의 작은 에피소드를 떠올려내는 것, 그것이 여행의 힘인 것 같다. 여행은 단순히 낯선 곳을 헤매고, 낯선 사람들의 낯선 삶의 방식을 구경하는 것이 아니다. 그 낯섦 속으로 들어가 몸으로 부딪히는 경험이 있어야 오랜 시간 기억되는 여행이 된다. 수많은 사진으로만 남길 것인가. 마음에 실려 가는 여행의 여운을 남길 것인가. 혹시나 여러분들의 프로방스 여행이 자칫 구경으로 채워지지 않도록, 노파심에 이책을 건넨다.

프로방스에서, 느릿느릿
천천히 걷고, 많이 느끼고, 한껏 여유로운 프로방스 테마 여행

ⓒ 장다혜 2011

1판 1쇄 | 2011년 6월 14일
1판 4쇄 | 2016년 9월 23일

지 은 이 | 장다혜
펴 낸 이 | 정민영
책임편집 | 이승희
편　　집 | 손희경
디 자 인 | 이현정
마 케 팅 | 이숙재
제 작 처 | 영신사

펴 낸 곳 | (주)아트북스
출판등록 | 2001년 5월 18일 제406-2003-057호
주　　소 | 10881 경기도 파주시 회동길 210
브 랜 드 | 앨리스
대표전화 | 031-955-8888
문의전화 | 031-955-7977(편집부) | 031-955-3578(마케팅)
팩　　스 | 031-955-8855
전자우편 | artbooks21@naver.com
트 위 터 | @artbooks21
페이스북 | www.facebook.com/artbooks.pub

ISBN　　978-89-6196-087-8　03810

이 도서의 국립중앙도서관 출판시도서목록(CIP)은 e-CIP 홈페이지(http://www.nl.go.kr/ecip)와 국가자료공동
목록시스템(http://www.nl.go.kr/kornet)에서 이용하실 수 있습니다.(CIP제어번호 : CIP 2011002209)